# 限りなき幸福へ

M・メーテルリンク……［著］＋山崎　剛……［訳］

平河出版社

# 限りなき幸福へ

M・メーテルリンク……［著］＋
山崎剛……［訳］

限りなき幸福へ……【目次】

●—1　ジョルジェット　ルブラン夫人へ

この書をあなたに捧げます。これはいわばあなたの著作でもあります。執筆協力よりはるかに高い、真の協力があります。思想における協力と、見習うべき鑑としてのそれです。私は苦心して優れた賢者の叡知ある決断や行為を思い描くまでもなかったし、とりとめもない夢に似た生の指針を紡ぎ出すまでもありませんでした。ただ、あなたの言葉に耳を澄ましさえすればよかった。日々のあなたの姿を追いさえすればよかったのです。あなたの言葉や態度や振る舞いが叡知そのものでしたから。

メーテルリンク

# 限りなき幸福へ

# 1

この書物の中ではしばしば叡知、運命、正義、幸福、愛などについて語られるだろう。現実の不幸のさなかにあって見えない幸福について、あるいは嘆かわしいことに、現実の不正のさなかにあって理想の正義について、あるいはまた、憎まれ、明らかにうとまれているのに、人間の理解を超えた愛について語ることは何かイロニーのように思えるかもしれない。すべての人に代わって断言するが、われわれの大部分は、みちたりた思想家の讃えるような、たやすくは得られるはずのない、あの内的なよろこびや深い慰めをゆっくり味わう時などないのだ。それどころか、その対極にある人生の数々の悲しみや不幸でさえも、十分には味わい尽くす時間も保証もない。なのに、われわれの内面の奥深くにこそやすらぎや静けさがあり、そこにこそ、ほほえみやよろこびや愛の源があり、感謝や讃美の感情もそこから生まれるのだといってみてもしかたないように思えるかもしれない。だから人はモラリストたちを、とりわけエピクテトス●—2を賢者にしか関心を示さないといって非難した。どんな非難にも多少の真理はある。だからこの非難にも真理がないとはいえない。

　実際、もし人があえて己れの良心のいちばん単純で純粋な声にだけ耳を澄ますなら、たしかにただ一つの義務は、力の及ぶ限り周囲の人々の多くの苦しみを和らげることだろう。看護する人になったり、貧しい人たちを訪ねたり、悲しんでいる人々を慰めたり、模範的な工場を建てたりしなければならないだろう。医師や農夫になるか、あるいは、せめて実験室の科学者として自然を探究し、最も重要な物質界の謎の解明に励むことくらいはしなければならないだろう。

しかし、いつか世の中が互いに救い合うことしかしない人々だけになり、誰もそれ以外のことに心を注ごうとしないなら、そのような慈愛の行為も長続きはしない。一部の無用に思える人々がいてこそ、多くの有用な人々も存在する。今日、われわれの周囲でなされる最良の善は、深く内省し、自己自身に立ち返って語ろうと、目先の火急の義務を一つならず無視した人々の誰か一人の精神に最初に宿ったのである。

彼らはこの世の最善の義務を果たしたことになるのだろうか。この種の問いに答えることはたしかに難しい。おそらくこの上なく誠実であろうとしている魂にとっては、この世でなすべき最善のこととは常に最も単純で、良心の声そのもののような行為だろう。しかし、それでもすべての人がそうした行為にだけ専心するというのは、やはり喜ばしいことではない。自分は次の時代に人々がなすべきことを見通して、今しておかなければならないことをしているのだとはっきりと認識していた人々は、どんな時代にもいた。大半の思想家はいうだろう。そのような人々は間違っていなかったと。この思想家の発言は正しい。もっとも叡知は実際は最高の思想家の言葉とは正反対の事柄の中に宿ることもよくあるのだが……。だからといってどうというわけではない。そうした思想家の言葉がなければ人は叡知に気づかなかったろう。だから思想家は己れの義務を果したことになる。

2

今日、病は個々の人間にとっての不幸であるが、人類にとっては不幸が病なのだ。病には薬があるように、人類の不幸にも薬が必要だ。悲しいことに、病んでいるのが当たり前になってしまっているが、しかしそれだからといって人は健康に無頓着でいいということになるだろうか。あるいは道徳とまさしく一対をなす自然科学、たとえば解剖学を教授する者が、それだからといって、程度の差こそあれ、一般的な衰えのために肉体に生じた歪みだけをもっぱら考えていればいいということになるだろうか。彼はまず健康で普通の身体を基準にして教えなければなるまい。同様に現在の彼方を見据えようとするモラリストは、幸福な魂を基準にして考えなければなるまい。少なくとも単なる通常の意識のほかに、幸福になるために必要な要素を持っている魂を。

われわれは甚だしい不正のただなかに生きている。にもかかわらず、世の中に不正など存在しないかのように――こちらの非情さや冷酷さからそうするのではなく――時には話すこともある。だが、これをしなければ人間はけっして自分の狭い枠から出られはしない。すべての人間が幸福であるかのようにあえて考え、語り、行為する者もいなくてはならないのだ。そうでなければ神の定めた通り、未来において約束の地の楽園が目の前に開かれた時、人々はみなそこにどんな幸福を、どんな正義を、どんな愛を、どんな美を見出せようか。

なるほど、まず初めに「最も火急のこと」から手をつけるべきかもしれない。しかしそれは必ずしも最も知恵ある策とは限らない。一気に「最も高いこと」から始める方がよい場合も少なくない。もし近くの海や川が溢れて、田畑を守っている堤防が決壊し、オランダの農家が浸水したとしたら、農民にとって最も火急のことは、自分の家畜や飼料や家財を守ることだろう。だが最も知恵ある策は、危機に瀕したこの土地を守るために堤防のいちばん高い所に行って、共に生活している土地の人々を全員呼び集め、力を合わせて水の流れを堰き止めることだろう。

人間は今日に至るまで、やすらぎを得ようとベッドで輾転反側し続けている病人のようなものである。病んだわれわれを、だが真に慰めてくれるのは、こちらの健康と幸福を前提にした語りかけなのだ。これは人間が本質的に健康であり、幸福だということだ。この地上にはびこる果てしない不幸のただなかに生きているわれわれに、その事実を語る場合でも、幸福を前提にした語りかけは、不幸についてはさりげなくふれるだけだろう。明日にも大きな幸福に、偉大な確信に至る地点に常に生きているかのように語らなければならない。たとえすぐに到達することはないにせよ、実はそこに至りたいという強い衝動によって人類はそこに導かれるのである。あとわずかな思慮や勇気や愛や情熱や、生への渇望があれば、いつの日か、われわれの前によろこびと真実へ至る扉が開かれるのだと信じようではないか。それは必ずしもあり得ないことではない。いつか誰もが幸福になり、叡知にみちる日がくるだろうという希望を持とうではないか。たとえその日がこなくとも、希望を持つことは間違ってはいない。

いずれにせよ、不幸な人々がどうしたら幸福になれるのか、それを伝えるために幸福について語らなければならない。ともすると不幸な人々は、幸福などまれなものであり、高嶺の花に近いものと思いがちである。しかし、もし幸福であると自認できる人々がなぜ自分が幸福なのかを率直に語るなら、悲しみとよろこびの間には、人がほんの少し明るくほほえみを浮かべて状況を受け容れるか、反感を抱いて鬱屈した気持ちで状況に隷従するか、その違いしかないということ、要するに狭くかたくなな受け止め方をするか、心を広くして協調的に受け止めるかの違いしかないということがわかるだろう。

それに対して不幸な人々は声を高めてこういうだろう。「ほんとうにそれだけの違いにすぎないのか。それならわれわれの心の中にも幸福の芽は幾らもある」と。その通り、幾らもあるのだ。大きな不幸のためにそれを忘れてしまわない限り、誰にも幸福の芽はある。このささやかな幸福を軽んじてはならない。幸福などほかにないのだ。最も幸福な人とは、己れの幸福をいちばんよく知っている人のことなのだ。そして己れの幸福をいちばんよく知っている人は、幸不幸の違いは、ただ高潔で不屈、かつ人間的で勇気ある考えのあるなしの違いにすぎないということを誰よりもよく知っている。

このような考え方をできるだけ多くの機会に語らなければならない。それを押し付けるためではなく、われわれの言葉に耳を傾ける人々の心に少しずつ、われわれと同じ方向で考えたいという気持ちを芽生えさせるために。ただ具体的に見ていくと、個人の次元では相違がある。ある人の具体的な幸福に対する考え方が私の考えと一致することなどあり得ない。どれほど繰り返されても、どれほど雄弁に語られても、その声は私の生の本質的な部分にまではとどかない。私は自力で自らの内に自身の考え方を形成しなければならない。

とはいえ、他者が自らの考え方を語ることによって、それは気づかぬうちに私が自らの考え方を形成する役に立つのである。他者に悲しみを与えるものが私には励みになることもあるだろうし、ある人に慰めになるものが私には苦痛になることもあり得よう。だが、重要なのはそのことではない。他者にとって慰めのヴィジョンの中にある美しいものが私の苦しみの中に入ってくる。同様に、もし私のよろこびが、他者の悲しみに深い価値において等しいなら、その悲しみの中にある偉大なものが私のよろこびの中にやってくるのである。

そのためには何よりもまず、われわれの魂の表面に、それを受け取るある種の高みを準備しておかなければならない。古代の宗教の神官たちが天の火を受け取るために山頂の茨やとげを取り去り、山肌をあらわにむき出しておいたように。明日にでも火星の彼方から、宇宙の目的とその統治についての真の意味が伝えられ、幸福の確かな方法が明らかになるかもしれない。そうなったら、これまでの倫理性に何らかの変革や改善がもたらされるだろう。ただそのためには条件が一つある。それは、われわれがたえず向上を望むことだ。

やってくるこの「幸福の確かな方法」は不変かもしれないが、各人は魂の中に形成する無私、純粋さ、注意力、見識の多寡に応じてその恵みを享受し、滋養とするだろう。倫理といい、正義や幸福の知恵といい、それらはみな、できる限り広い度量と経験と受容力をもって「待つこと」であり、心の準備をしておくことなのだ。たしかに、われわれがついに確信を得て、科学的かつ全体的で揺るぎない真理に到達する日がやってくるのは何より望ましい。だが、さしあたり、われわれはそれより大切な真実、魂と人間性の真実を生きなければならない。そして、過誤にみちたこの世にあっても、このように生きることは可能だということを、若干の賢者がすでに現実に証明している。

3

科学の究極の結論がすべてを一変させる日がくるかもしれない。だが、それまで倫理、正義、幸福について、あるいはそれに類したことを語るのはまったく無駄であろうか。われわれは、たぶん今一時的に闇の中にいるのだろう。この闇の中にある多くのものは、日の光にさらされれば異なる姿を取るだろう。にもかかわらず、われわれの物質生活、倫理生活の本質的な出来事は、日の光にさらされようが闇の中であろうが、必ず、しかもまったく同様に起きるのである。われわれは謎の答えを待ちながら生きなければならない。そして可能な限り幸福に、可能な限り高貴に生きて初めて、最もいきいきと生きられるのであり、同時に人間の真実を求め、探究するために必要な大きな勇気と自由と知恵をも獲得できるのである。しかも何が起きようと、人間存在の探究に当てられた時間は無駄にはならない。われわれが生きている世界を考察する未来の方法がいかなるものにせよ、やはり多くの感情が、情念が、あるいは魂の昔から変わらぬ、そして今後も変わることのない秘密が存在し続けるだろう。それらは地球に関わる星の数より、科学によって解明される謎の数より多くあるだろう。

たぶん人間は、動かしようのない究極の真理の中心に到達するだろうが、ただそれは魂の不変の導きあってのことなのだ。この宇宙的な普遍の真理への確信が強まり、それがやすらぎをもたらすようになるにつれ、思想家の目には今でも常にそうであるように、われわれにとっても正義、倫理、幸福、愛に関する問題がますます重要性を帯び、強い関心の的になるだろう。

大切なのは、明日にでも偉大な真理の発見がなされるかのように毎日を生きることであり、そのすべてを深く熱く受け容れる心の準備をしておくことである。理想の真理と出合う最良の方法は、今日からでもそれが考えられる限り高く、広大で、完全で、気高くあるように強く念じることだ。われわれは、それがいかにゆたかで、美しく、崇高かをどれほど語っても語りすぎることはなかろう。この世で最もすばらしい希望より、その真理はすばらしい。この世と異質の、時には対立さえするものが真理をもたらすのは、われわれがこれまで考えてきたものより、それが偉大で、高貴で、人間の本質に深く根ざしたものをもたらすからにほかならない。

たとえ過去の一切のすばらしいものを失うとしても、それでも人間にとって最もすばらしいのは、宇宙に秘められた真理である。それが顕現すれば、つまらぬ望みなど灰のように吹き飛んでしまうだろう。ともかく、それまで、その限りなくすばらしい真理を待ち続けるべきだろう。そしていつかきっと、魂の中に真理の水がみちてくるだろう。待ち望む心が内に穿《うが》った川床の幅と深さに応じた水量で……。

4

自分が宇宙より優れているなどと思う必要があるだろうか。どんなに理性を働かせても、しょせん理性は神の創造のかすかな光にすぎない。神の創造した全自然から見たら、そのごく微小な一部分にすぎない。一筋の光にすぎないものが、その義務を果たすのに、己れの光源のランプを作り替えたいなどと思うのは、そもそもばかげているではないか。

生涯にわたってわれわれを赦したり咎めたりする存在の高い次元の計らいは、どう考えても不平等に思える。しかし、生の無限の領域における計らいが不平等に見えるのは、われわれの有限の目にとってだけである。だから人間に起きる出来事は、どれもこれも必要不可欠であるものとみなして行為し、思索するのは叡知ある振る舞いなのだ。

人類が解決すべき問題を一つだけ例に挙げれば、何年か前に人々はヨーロッパの思想家に次のように問いかけようとした。われわれアーリア民族の無分別な偏見ゆえに、エネルギッシュで、たくましく、粘り強いのに、魂や心情において劣っているように思われているユダヤ民族が衰えること、あるいは栄えることはよろこぶべきか、悲しむべきかと。この問いに対し、賢者ならこう答えるだろう。「われわれに起きることは何もかも望ましいのだ」と。

ここには非難されるべきあきらめも無関心もない。不正に思える出来事は多いが、しかし、自然界に起きる不正には、高い思慮の働きかけがあるのだ。この発見以外に、人間の理性の行なった有益なことなどほかにあるだろうか。倫理生活においても物質生活においても、われわれの支えとなるもの、助けとなるものはすべて、初めは無慈悲に思われる未知なる力をゆっくりと、しだいに受け容れることから生まれるのである。どの民族でもかまわないのだ。理想にかなう民族が衰亡するとすれば、その理想そのものがさきほどいった宇宙に秘められた真理の理想にかなっていなかったからなのだ。

　われわれはすでに自己の経験から、もしくは他の現実を通して、すばらしい夢と願望を、愛、美、正義の崇高な観念、気高い感情を知っている。しかし、もしわれわれの想像力が、もっと宇宙的で慰めとなる理想を抱くなら――真実に直面し、生の知られざる神秘の力の前に立ったらひとたまりもないにせよ――それはそれまでのものとは異なる理想であることに変わりなく、しかも同じように美しく、ゆたかで、慰めとなるにちがいない。それは真実が明らかになるまで、より美しい理想を抱き続ける役に立つ。もちろん、ひとたび真実が現れ、それまではわれわれが望む最善のものとされてきた理想の炎も影が薄く、無に等しくなれば、新しくやってきたその雄々しく、威光にみち、圧倒的な美の輝きにひたすら仕えるしかなくなるだろう。だとしても、そこには奴隷的な受容も、死に等しい宿命論も、無気力な楽観論もないのである。

　ところで、ひたむきで激しい求道的な熱狂ゆえに、もしくは通常の理性の欠如ゆえに、いわば超人的な事柄をなし得た者たちがいるが、賢者はそのような常ならぬ熱狂を喪失していることが多い。いずれにせよ、誠実な魂というものは、己れの最も明晰な思考を貶《おとし》めて、それより低い心のエネルギーや低い善なる意図、あるいは低い幻覚や低い忘我を探究すべきではない。人が内面の義務を果たすには、常に魂の高みや、真実の高みにおいて振る舞うべきだ。日々の生活においては状況と妥協した方がよい場合でもまた、己れの高みに達するには時期が早すぎたとしても、思考生活においては、たとえばサン・ジュストが万人の正義、平和、幸福を熱烈に求めて、それを実現しようとする信念から一部の人々を犠牲にして断頭台に送ったように、時には状況を犠牲にし、尚早さを無視しても、自己の高みに到達しようと努力はしなければならない。●—3

さらに一歩踏み込めば、人間の行為自体が真理への道であるという認識へ至る。これを知らない者だけが行為をおろそかにする。高みへ至る認識には、乗り越えていく低いそれをも高める力がある。高い視点からながめ、これまでの行為を乗り越えていく行為を讃える人々にとっては、世の理性、正義、美、自然の情動などとされているものを、さらに向上させるために最大限努力するのは当然のことだろう。ただこの場合、向上させるといっても、実はただ発見し、理解し、尊重しさえすればいいのだ。彼らは「宇宙意思」を深く信じている。最善のものに至ろうと、あらゆる手を尽くすことによって、生の背後に隠れたその「意思」に近づけると信じている。しかし同時に、惜しまず努力し、たとえ挫折しようと、圧倒的な世界の前に屈しようと、彼らはそこから賞讃や情熱や希望への新たな糧を得られるのである。

たそがれ時に小高い山に登って行くと、木々も家々も鍾楼も、牧場も果樹園も、道や川まで少しずつぼんやりしていき、やがて谷に広がる影の中にのまれてしまう。しかし、どんなに暗くなっても、人家のある場所に点々と見える小さな光は、高く登って行ったからといって消えることはない。逆に頂上に向かって一歩登るたびに、足もとにまどろむ村々の光は数を増していくだろう。どれほど弱くても、光だけが無限を前にしてその価値を少しも失わない唯一のものなのだ。人生を少し高みからながめれば、われわれの倫理的な光についても、これと同じことがいえよう。高みの瞑想は低い情念の一切から解放してくれる。ただそれが真理や正義や愛に対する真摯な渇望を弱めたり、その芽を摘み取ったりしてはならないが。

このような道徳の規範の根源はどこにあるのか私にはわからない。ただそれは人間的で必要不可欠のように思えるばかりだ。説明しようとしても直感でしか私には説明できない。しかし直感といっても侮れないことは多い。そして、たとえそのような規範がもう無用に思える高みに到達しても、私の直感は密かにこう語りかけるだろう。
「立ち止まってはならない。もっと先まで登るのだ。そうすれば再度、規範のかけがえのない価値を誤りなく完全に知り尽くすことができるようになるだろう」と。

## 5

全体の序論を終えて、ここからは叡知が運命に及ぼす影響に話をしぼろう。ちょうどいい機会なので、最初にいっておくが、この書物に厳密な方法を見つけ出そうとしても無駄である。ここには幾つかの事柄についての多少整理された断片的な考察しかない。誰一人説得しようとしていないし、何一つ証明しようとしてもいない。

しょせん書物には、人生においてそれを書いたり読んだりする人々の大半が与えたがるほど大きな意味はないのだといえよう。ただ、優れた賢者である私の友人が、ある日、皇帝[4]アントニヌス・ピウスの臨終の時の話を聴いた際、受けた感銘と同じ感銘を、そこから得られたらそれで十分だろう。臨終の時の話というのはこうだ。

アントニヌス・ピウス、彼は養子の[5]マルクス・アウレリウスの持つすべての叡知、深遠さ、善良さ、美徳に加え、どこかもっと雄々しく、エネルギッシュで、実際的かつ、磊落《らいらく》で率直なところがあった。そのため日常生活のありのままの姿を、いっそうよく知ることができたのである。当然ながら養子と比較しても、世の中で最も善良で、非の打ちどころのない人物だったと考えてよかろう。その彼が臨終の床で死を待っていた。目は無意識の涙に覆われ、蒼ざめた四肢は苦しみの汗にぬれていた。この時、近衛隊長が室内に入ってきた。そして、しきたり通り指令を仰いだ。皇帝は顔を永遠の闇に向けながらこういった。「エクワニミタス（心の平安）」と。

「この言葉を愛し、讃えるのはすばらしい」と友人は語った。「しかし」と彼は続けた。「もっとすばらしいのは、この言葉を聴いて受けた感銘を人生に捧げ、生かすことだ。黙って、そっと人生の中に生かすことだ。われわれの善意が常に待ち望んでいる、ささやかだが心には意味ある真に人間的な行為という形で……」

ある作家が自作の主人公にふれてこういった。「たぶん、どこにいようと人と出来事によって彼らは苦しみを与えられるように運命づけられていたのです」と。このことは大多数の人々に当てはまるだろう。外界の運命と高い次元の運命との区別ができない人々すべてに同じことがいえるだろう。

## 6

彼らは、私がある朝、丘の上から眺めた無軌道に流れる水の流れに似ているのだ。水はたえず暗い谷に向かって手探りし、もがき、つまずき、動揺しながら、森の向こう側、夜明けの静けさの中でまどろむ湖へ至ろうとしていた。ここでは玄武岩の岩塊に四度も長い回り道を強いられ、あそこでは古木の根に行く手を阻まれ、さらに遠くではすでに過ぎ去った一つの試練が忘れられずに、その場に空しく泡立ちながら舞い戻り、目的地と幸福から限りなく遠ざかっていった。

だが、もう一方では、この激しく、不幸で、役にも立たぬ流れと交叉する形で、衝動より高い世界の力が流れていた。地平の彼方の奥深い泉から出発し、平原を、崩落した岩々を、静かな森を、緑の長い運河のように力強く落ち着いて、迷いも濁りもなく、悠揚と穏やかに流れて、光輝く、静謐な、その同じ湖に注いでいた。私は足もとに、人間に与えられた二つの大きな運命の流れを見ていたのである。

## 7

人と出来事によって苦しみを与えられる者たちがいる一方、人ばかりか出来事までも従わせる、ある種の秘められた力を持つ者たちがいるのも事実だ。彼らはこの力を自覚している。とはいえ、それは通常のわれわれの意識の限界を超えて拡大した自己意識にほかならない。

人は高い意識の中心にいない限り本来の自分ではあり得ない。そうでないと運命の気まぐれからも逃れられないし、ほんとうに幸福にも、強くもなれない。しかし、こんなことは誰もが繰り返しいってきたことで、ほんの出発点にすぎない。だから、いつまでもここにとどまっているわけにはいかない。

人間は意識の拡大によってだけ気高くなり、意識は人間が気高くなることによってだけ拡大する。ここにはみごとな相互作用がある。愛が愛を求めて飽くことを知らないように、すべての意識は拡大と倫理的な高揚を求めてやまない。すべての倫理的な高揚は意識の拡大を求めてやまない。

# 8

しかし自己意識というのは、ふつう人が考えるように、たいていは、われわれの短所や長所の範囲内にとどまる。けれどそれは、魂によりいっそう大きな救いをもたらす神秘の領域にまで高まることができるのである。自己を知るということは、単に冷静に自分を知るだけではない。あるいは、現在と過去の自分を幾らか知っているということだけでもない。ここでいっているのは、それに加えて、未来の自分をも知っているからこそ自分を知っている、そういう人々のことなのだ。最も偉大な人々にとって自己意識とは、ある程度まで己れの星、つまり己れの運命を知ることだ。彼ら自身、すでに未来の一部なのだから、ある程度己れの未来もわかるわけだ。出来事がこれからどうなるか、魂を通してすでにわかっているので、彼らは動揺しない。

出来事それ自体は、各人に運命を運びとどけるだけの、いわば純粋な水にたとえられよう。ふつう、それ自体では味も色も匂いもない。それを受け容れる魂の善し悪しによって、明るくもなれば暗くもなる。甘くもなればにがくもなる。死をもたらすこともあれば生の息吹をもたらすこともある。われわれの周囲でもたえず偉大な行為となる可能性を秘めた無数の出来事が起きている。ただその出来事が去ってしまうと、偉大なことなど何一つ起きていない。だが、イエス・キリストが道で子どもたちや不義を犯した女やサマリヤ人に出会った時は別だ。人類はこの時、続けて三度も神の高みにまで達したのである。

## 9

おそらくこういってもよかろう。人間には自ら望むことしか起きないと。なるほど、起きてしまった出来事に対しては特定のものにしか、それもわずかな影響しか与えられないが、われわれの中で出来事に生成するもの、つまり出来事に成りつつあるものの内で光を放っている不滅の霊的な部分に対しては全能の力をふるうことができるのである。

すべての愛、すべての悲しみ、すべての出会いとなって現れたいと願っているこの霊的な部分がその人の内にほんのわずかな間もとどまり得ない人間が数知れずいる。彼らは川面の漂流物のように流れ去っていく。他方、この不滅の部分が一切のものの中心である人々がいる。彼らはいわば大海の中の島々にたとえられよう。まだ形をなさない生成過程の内なる運命に命令を下す拠点を得たのだから。そしてこの生成しつつある内なる運命こそが真の運命の姿なのである。

たいていの人にとって人生を暗くしたり、明るくしたりするのはその人に起きる出来事である。しかし、今いった人々にあっては、出来事が光を得るのは、ただ彼らの内面の生の力によるのである。愛する時、運命を形成し、左右するのは愛自体ではない。愛の深みで、愛を通して知るであろう自己、その自己意識こそが人生を変えるのである。裏切られても、裏切りそのものは重要ではない。そのことで魂の中に生まれる赦しと、赦しからくる幾らか寛大で、気高く、思慮深い性質こそ大切なのだ。そして、この赦しを通して、人は恋人が貞節であった時以上にいっそうよく物事が見えるようになる、穏やかで澄明な運命をたどるだろう。しかし裏切られることによって純真さや、気高い信頼や、愛の領域が拡大しなかったなら、裏切りは無駄になってしまう。何も起きなかったに等しくなってしまう。

10

われわれの本性が望まぬものは何一つ起きない。それをしっかり銘記しておこう。やってくる予期せぬ出来事がどのようなものであれ、それはわれわれの日々の思いの形で生じている。長い年月、魂の中に身を潜め、語ることなく、潜在的に「偉人」であり続けた者以外に、偉業の機会が訪れることなどこれまで一度もなかった。山に登ろうが谷に降りようが、この世の果てに行こうが家の周りを散歩しようが、運命の途上で出合うのは自分の本性以外の何ものでもない。

ユダに類した者が今夜出かければ、ユダの運命をたどり、人を裏切る機会が訪れよう。ソクラテスに類した者が戸を開ければ、戸口にはソクラテスがまどろみ、叡知にみちる機会が訪れよう。われわれに生じる出来事は、分封しようとしている蜜蜂が巣箱の周りを飛び交うように、われわれの周りを漂っている。その一つ一つは自らをこの世に産み出してくれる母なる力が、魂から決定的にやってくるのを待ち望んでいる。それがやってくると出来事はその周りに寄り集まる。嘘をつけば数々の嘘が馳せ参じ、愛すれば多くの出来事が愛でふるえる。

一切のものがひたすら内なる合図を待っているように思える。そして、もし夕《ゆうべ》に魂がそれまで以上に叡知にみちるなら、朝《あした》には魂自身が招いた悲しみもまた叡知にみちたものとなろう。

## 11

魂の偉大な出来事は、それを招来するために何もしなかった者にはけっして起きない。とはいえ、人生のほんのささいな出来事でも、その種子になれるのだ。ただし、出来事を支配し、配分する力は正義にある。それによって個々の人間は自らにふさわしい報いを受け取る。

われわれは、やってきた幸福や悲しみの中に自ら見出す通りのものになる。まったく予期せぬ運命のいたずらですら、われわれ自身で考え出したものになる。運命が身に着ける衣服や武具や装身具はわれわれの内面の生の中にあるのだ。ソクラテスとテルシテス[6]が同じ日に一人息子を亡くしたとしても、ソクラテスの悲しみとテルシテスの悲しみは異なるだろう。死は誰にとっても変わらぬものと人は思っているが、それですら、悪意ある者を訪れる場合と善良な者を訪れる場合とでは、そのしきたりも、振る舞いも、もたらす悲しみも異なるのである。悲しみであろうが幸福であろうが、賢者の家に入る前には浄化されるだろう。下らぬ者の魂の家には、ただちょっと頭を下げて入ってくるだけなのに……。

12

人は叡知を身につけるにつれ、本能が支配する運命から幾らかずつ解放されていく。どんな人間にも叡知への渇望は少しはあるものだ。人は叡知によって人生の大部分の予期せぬ出来事を意識化できるようになる。そして、意識化されたものはもはや敵ではなくなる。魂の力でよろこびに、赦しに、忍耐の微笑に変化した苦しみは、霊性の光と輝きを帯びて癒されるだろう。そして直面してきた悪も障害も、もはや自身に害を及ぼさなくなるばかりか、他者に対しても力を失ってしまうのである。

本能と運命との間には常に密接な関係がある。両者は互いに支え合い、手に手を取って無防備な人間の周囲をうろついている。しかし、己れの本能の盲目的な力を抑えられる者は誰でも、身近な運命の力をも抑えられる。人は自らの叡知に比例して、ある種の不可侵の避難所を築くように思える。

またそうした高みに達した人の意識の光に包まれるようなことがあれば、そこにいる限り人々は少しも運命を恐れる必要はなくなる。アトレウス[7]の子孫のところにソクラテスやイエス・キリストにきてもらうがよい。彼らがアガメムノン[8]の宮殿にいる限りは「オレステイア三部作」[9]の悲劇は起きなかったろう。またもし彼らがイオカステ[10]の館の入口に座っていたら、オイディプス[11]は自ら両目をえぐろうなどとは思わなかったろう。ある一つの魂に何度か征服されると運命は、その前ではもう禍《わざわい》を起こそうとしなくなる。その種の禍はけっして少なくない。だから賢者が舞台を横切ると、多くの悲劇は中断してしまうのだ。

## 13

実際、賢者がいると運命の活動は麻痺してしまう。だから賢者が登場するような悲劇はあり得ない。もし登場すれば、出来事は悲しみや惨事に至る前におさまってしまうからだ。賢者には悲劇など存在しない。彼らがいると周囲でも悲劇は起きなくなる。深く自己を知る者に悲劇が猛威をふるうことなどあり得ないのだ。偉大な悲劇の主人公にも魂はあるにせよ、それはけっして己れに深く問いかけたりしない魂だ。だから悲劇詩人は多かれ少なかれ本質から遠い、狭い美しか描けなかった。なぜなら、主人公が到達すべき高みに達し、理想の姿になったら、手にした武器を手放すだろう。その時、悲劇はもはや光の中の休息以外の何ものでもなくなるからだ。

賢者の悲劇は、ただ『パイドン』[12]『プロメテウス』[13]、キリストの受難、オルフェウス[14]が犯した殺害、あるいはアンティゴネ[15]の犠牲の中にしかない。数少ない叡知の悲劇であるこれらを除けば、悲劇詩人はわずかの間でも賢者を舞台に登場させる勇気がなかったということを忘れてはならない。彼ら悲劇詩人は気高い魂を恐れていたのだ。悲劇は賢者を恐れるからだ。つまり賢者の前でなされる殺人と、魂がまだ目覚めていない者たちの前でなされる殺人とは、事情がまるで違うからだ。

もしオイディプスがすべての賢者が持つ確信のうちの幾つかでも己れのものとしていたなら、あるいは、たとえばマルクス・アウレリウスが己れの内に築き上げた、あの、どんな時にでも救いと休息を与えてくれる心の避難所を持っていたなら、運命に何ができたろう。獲物を罠に陥れた運命がその時掴むのは、偉大な魂が放つ光、魂が悲しみの試練の中でいっそう美しくなる時に放つ純粋な光以外の何であろう。

『オイディプス王』の中のどこに賢者がいるだろう。テイレシアス[16]か。彼は未来を予知するが、善意と赦しが未来を支配することを知らない。彼は天の真理は知っているが、人間の真実を知らない。悲しみを受け容れ、そこに血と体温を通わせる叡知を知らない。知識があっても、愛がなければ無知に等しい。真の賢者とは単なる見者ではなく、遠い未来を見透しながら、同時にこの上なく深く人間を愛する者のことなのだ。愛なくして見ることは、闇を見るに等しい。

## 14

ふつう、偉大な悲劇が描き出すのは、運命に対する人間の闘いの姿にほかならないといわれる。ところが、現実に運命がすべてを支配するような悲劇など一つもありはしない。ざっと見わたしただけでも、主人公が純粋に運命そのものと対峙するような悲劇は見当たらない。事実、主人公は常に己れの心の叡知を踏みにじるばかりで、運命などと少しも闘ってはいない。なぜなら現実の運命的出来事、もしくは宿命は病気や事故、愛する人の予期せぬ死のような、幾つかの避けられない外的な不幸の中にだけあって、「内的宿命」などというものはあり得ないからだ。

叡知の意志力には、われわれを死に至らしめないものならどんな苦痛に対しても、それを癒す力がある。この治癒力は、多くの場合、不幸な出来事の狭い領域にまで到達する。われわれが人生の厳粛な瞬間にこの意志力を働かせるためには、だが、己れの内に多くの宝と限りない忍耐力を蓄えておかなければならない。

15

運命を彫像になぞらえれば、それは谷に大きな影を投げかけ、そのため谷は一面闇にのまれているように見えるだろう。だが山腹からながめる者には、この一面の影にも明確な輪郭があることがわかる。たしかに人は運命の影のもとに生まれるが、そこから抜け出せる者も少なくない。たとえ弱さや、もろさゆえに死ぬまで闇に縛られていようと、そこから逃れたいと願い、念ずることがあるなら、すでに一歩踏み出している。

運命は無差別に人を選び、遺伝や本能、あるいはそれよりもっと容赦のない未知の底知れぬ法則によって、冷酷無比に支配するだろう。しかし運命が不当で、しかも圧倒的な力で人を不幸に陥れ、打ちのめす時でさえ、あるいはまた、自由を奪われていなかったら断じてしないようなことを運命に強いられる場合でさえ、そうした不幸と不本意な行為のさなかでも、運命はわれわれしだいで魂の出来事に対しては、いかなる力もふるえないのである。善意の人を襲っても、運命は、その人が受けた悲しみと過ちの体験を通して、自らの内なる光の泉に至ることは妨げられない。魂が試練の一つ一つを、多くの思い、多くの感情をへて、侵すことのできない宝に変えることは妨げられない。外部の生において運命の力がどれほど大きかろうと、内なる生の、ものいわぬ守護者の一人が入口にいるのがわかると、運命はけっして中に入れない。内なる生の家に入れてもらうためには、運命は変貌しなければならない。淀んだ空気を新しく蘇らせ、今より多くのやすらぎと、豊饒な光を、澄み切った思いと、大きな視野をもたらす恵みの客に変貌しなければならない。

16

繰り返すが、仮に運命が襲う魂を間違え、エピクロス[17]やマルクス・アウレリウスやアントニヌス・ピウスを、オイディプスと同じ罠に陥れたとしても運命に何ができたろう。たとえばアントニヌスが運命の命じるままにオイディプス同様、父を殺し、知らずに母と通じたとしてもかまわない。それでこの高貴な皇帝の魂は揺らぐだろうか。たしかにその結末はこれまで賢者を襲ったどんな悲劇の結末とも異なっていただろう。それは大きな悲しみになっていたにちがいない。けれどもまた、悲しみから発して、暗黒を半ば以上克服し、ついにはいっそう輝かしい光となっていただろう。

アントニヌスもまた、普通の人たちが悲しむように悲しんだろう。だが、悲しみがいかに大きかろうと、光にみちた魂のほんのわずかな光さえ消すことはできない。この賢者にとって、悲しみと、絶望してしまうこととの間には、叡知さえ越えられない大きな隔たりがある。アントニヌスの一生からわかることだが、彼が到達した徳の高みにおいては思考は拡大し、感情は気高くなり、一切の悲しみに光をふり注ぐ。おそらく彼は悲しみを、己れの魂の最も広く清らかな器の中に注いだのだ。悲しみもまた、水のように、注がれた器の形になるものだ。

アントニヌスはあきらめたのだ、と人はいうかもしれない。その通りだろう。だがまた、このいい方は往々にして、重大な心の出来事を見えなくしてしまうということも忘れてはならない。どんな魂にとってもうわべであきらめるだけならたやすい。しかしわれわれを慰撫し、浄化し、高めてくれるのは、残念ながら、単なるあきらめではなく、あきらめの根底にある思想や美徳だ。この根底にあるもののゆたかさに応じて叡知は与えられる。

いかなる破局の波も及ばない高い魂の世界がある。そこまで至らなくても、日常の虚栄や非人情や利己心を超えた純粋な心情を育むなら、それだけでもう人は傷つかなくなるだろう。だからいちばん幸福な者とは、喜びの中にあっても悲しみの中にあっても、常にこの高い魂の世界がその人の中で誰よりも輝いている人だろう。

運命が望むなら、アントニヌス・ピウスはおそらく近親相姦だろうが、親殺しだろうが犯しただろう。だが、彼の内面の生は、オイディプスの生のように破滅するどころか、その禍によって逆に強固にされただろう。そして運命は、この皇帝の魂の宮殿近くに破れた網と折れた剣を投げ出して、いのちからがら逃げ去っただろう。もし運命に勝利というものがあるとすれば、魂に対してしかあり得ず、そこで凱旋を祝うしかないからだ。古代ローマの執政官や独裁官の凱旋式が行なわれるのがローマ以外ではあり得なかったように。

17

『ハムレット』や『リア王』や『マクベス』の中の、どこに運命は見出せるだろう。老王の乱心そのものに、年若い王子の邪推に、あるいはコーダの領主（マクベス）の病的で激しい欲望に、それは見出されるのではないだろうか。領主マクベスとコーディーリアの父リア王については、その無自覚ぶりは誰の目にも明らかだろうから、ここでは問題にせずにおこう。だが、自覚あるハムレットは叡知ある者だろうか。

彼は十分に高い立場からエルシノアで犯される、あの幾つもの殺害を見ていただろうか。理知の高さからは見ていたかもしれない。が、それをはるかに超えたところに叡知の光にみちた高峰が、善意や信頼や愛や寛容といった魂の高峰が、聳《そび》えているのではないのか。もし彼が、たとえばマルクス・アウレリウスやフェヌロン●—18だったら見たであろう高みから、エルシノアでのおぞましい罪を見たらどうだったろう。罪はたちまち己れを凌ぐ強い魂の光のまなざしに圧倒され、暗黒の中の営みを中断したのではあるまいか。日の光が巣箱にさし込むと蜜蜂が働くのをやめるように。

いずれにせよ、クローディアスとガートルードが己れをゆだねた運命——なぜなら、人はただ罪を犯す時だけ運命に身をゆだねるからだが——の源は人間の内部にあり、それが罪人の魂の中から外へと浮上してくるのだ。しかし、魂の門前に賢者の一人が立つだけで、罪を咎めるまなざしの障壁ができあがる。運命はその時でも外の世界へ出られるだろうか。あえて障壁を越えられるだろうか。たとえ、叡知乏しい者の運命が、意に反して出会った賢者の運命と関わりを持ったとしても、賢者の運命が劣った者たちの運命に逆に影響されることなどあり得ない。運命の領域においても、地上においてと同様、大河が小川に逆流することはないのである。

だが、話を元に戻そう。今エルシノアのハムレットの魂を、イエスのような強い至高の魂に置き換えて考えてみるとよい。悲劇は四人の死に至ったろうか。その可能性はあったろうか。この上なく巧妙に犯される罪でさえ、深い叡知の前では子ども騙しの夜の見世物の類にすぎないのではなかろうか。朝になれば、その見えすいたトリックがすぐにばれてしまう夜の見世物の類に。エルシノアを支配する闇の中に、イエス・キリストの姿など見えようか。キリストとはいわぬまでも、誰か賢者の一人にでも出会うようなことがあるだろうか。ハムレットを動かしているのは、復讐こそ唯一の義務だと彼に教える無分別な考え以外の何ものでもない。だが復讐が義務などでないとわかるのは、それほど困難だろうか。

繰り返すが、ハムレットはあれこれ思い悩むが叡知は乏しい。運命の弱点がどこにあるのか彼には見抜けていないように思える。運命に打ち勝つには優れた思考で武装するだけでは足りない。運命は優れた思考には、さらに優れた思考で対抗してくるからだ。しかし優しく単純で、善意ある誠実な人間の思いに、運命がこれまで一度でも敵対的な態度を取ったことがあったろうか。運命を手なずけるただ一つの手段は、運命が犯させようとする悪と反対のことを行なえばよいのだ。避けられない悲劇などない。エルシノアの破局は、すべての魂が「正しく見る」ことを拒んだというただ一つの理由で起きたのである。しかし鋭敏な魂がいたなら、周囲の魂を、たとえわずかだとしても目覚めへと導いたろう。

レイアーティーズの、オフィーリアの、ガートルードの、ハムレット自身の、クローディアスの死の筋書きなど、ハムレットの哀れなほど無分別な頭の中以外のどこに存在していただろう。だが、その無分別な考えの中に避けられないものなどあったろうか。まだこちらの意思しだいで死をもたらす力を無力にできる時に、そこに運命など介在させるべきではない。そうでなくても運命の支配する領域はあまりに広いのだから。壁が私の上に崩れかかる時、嵐が船体を引き裂く時、疫病が愛する人を襲う時、私は運命の力を痛感する。にもかかわらず、運命はそれを呼び寄せない魂には、けっして立ち入ることはできない。

ハムレットは人間の力を超えた非情な闇をさまようゆえに不幸だ。だが、その不幸に至ったのは彼自身の無知ゆえなのだ。運命に秩序を与える勇気ある者すべてにとって、運命ほど従順であり続けるものはこの世にない。ホレイショー自身は最後までそれが可能であったろうが、親友の影から抜け出すほどのエネルギーはなかった。エルシノアで起きる物語が最後に憎しみと恐怖にみちた慟《どう》哭《こく》の修羅場に化さぬためには、そこで一つの魂が恐れずに真実を叫ぶだけで十分だった。だが、不幸な運命も、叡知の指先には切ったばかりの篠のようにどうにでもなるのに、無分別の手には鋼のように硬く曲がらぬ凶器の棒になってしまう。繰り返すが、この物語において、事の成り行きの一切は運命ではなく、最も賢明な者の叡知にゆだねられていたのである。なぜならハムレットが最も賢明だったからだ。だからこそ彼は、そこにいるだけでエルシノアの悲劇のまさしく中心人物になったのである。そして彼が叡知を行使するかどうかは、彼自身にかかっていたのである。

18

作品中の悲劇など信じないというなら、何か歴史上の大きな悲劇に分け入ってみるとよい。そこでは運命と人間は一つに重なり、ある人間の持つ関係、習慣、いらだち、服従、反抗のすべてが彼自身の運命であることがわかるだろう。そして、われわれが好んで「定め」と名づける力の源は、人間自身が作り出すものであることに気づくだろう。実際、その力は強大であるが、抵抗できなくはない。それは峻厳で、近づくことも、測り知ることもできない深淵から、突如やってくるわけではなく、周囲の人間のさまざまな欲望、思考、苦悩、情念のエネルギーによって形成されるのだ。

こちらの抱くものと同種のものなのだから、理解できないはずがない。不測の出来事にあっても、ゆえ知れぬ不幸のさなかにあっても、われわれはけっして見えない敵や、未知の敵を相手にしているわけではない。

いたずらに、避けられない（運命の）領域を拡大してはならない。真に強靱な者は、自分たちの人生に苦しみをもたらす力の全容など、知り尽くせはしないということを心得ている。それでも彼らは自分たちの知り得る限りのものに対しては、それだけが苦しみの原因のすべてであるかのようにみなし、力を尽くし勇敢に立ち向かい、多くの場合、その苦しみに打ち勝つ。われわれの知性や力から見れば、ごく自然で人間の側の事柄であるはずのものを、無知や怠惰から何もかも「宿命的」と呼ぶのをやめる時、人はやすらぎや、穏やかさや、幸福をずっと確かなものにできるだろう。

19

誰知らぬ者はない運命の犠牲者、ルイ十六世のことを考えてみるといい。かつて「宿命」がこれほど容赦なく一人の哀れで、正直で、善良で、優しく高潔な者を不幸に陥れようとしたことはなかったろう。しかし、もし歴史を詳細に調べるなら、この不幸な男の「宿命」の一切の原因は彼自身の心の弱さ、ためらい、ささいな偽り、移り気、虚栄や無分別以外の何であったろう。

一種の「定め」のようなものが人生のすべてを支配しているのは確かだとしても、そうした「定め」はわれわれの心の中にしかあり得ない。そして心は善意と熱意の人にとっては最もたやすく変えられるものではなかろうか。事実それは一生の間、常に変化しているのではないのか。三十の時の心の持ちようは、二十歳の時と同じではあるまい。嘘や憎しみや裏切りや悪意に打ち勝てばそれだけ心は向上し、真実や愛や善意を打ち砕けばそれだけ堕落する。また人が幸福について、人生の目的について抱いている思いがより高いか低いかに応じて、心は憎しみにみちたり、愛にみちたりする。真実にみちたり、偽りにみちたりする。

そこに必然的に現れてくるものこそ、われわれの内なる欲望の力学にほかならない。もし悪に加担すれば、至る所で悪が勝利をおさめるだろう。逆に己れのまなざしを純真さ、誠実さ、真実に向けるなら、人が最も大切だと思う価値の、無言の確かな勝利をあらゆる事物の内に見出すだろう。

20

とはいえ、ルイ十六世を今のわれわれの立場から判断してはならないだろう。当時の彼の立場に身を置いてみようではないか。彼の不安や驚き、困難や不確かさの中に……。事後、ああすべきだった、こうすべきだったというのはたやすい。われわれもまた、どうすべきかわからず、悩み、ためらっているのではないだろうか。なすべきことを見晴かそうと登った丘の高みの砂上に残した、われわれの最後の痕跡を探し求めながら、後の時代の人々も、われわれのことを憶測するにちがいない。われわれにしても同じなのだ。ルイ十六世以上に、自分にふさわしい行動を取れるだろうか。何を捨て、何を取ったらよいのか。理性の論理と、現実の論理との間を彼ほどうまく往き来できるだろうか。良心ゆえの不決断なら、それは多くは義務に近いものではなかろうか。

とはいえ、この不幸な王の例は、ある一つの重要な教訓を与えてくれる。それは、偉大で高貴な迷いやためらいが心に生じたら、たてまえの道理や現実や正義に関わることなく、勇気を出して、つまらぬたてまえなど一気に駆け抜け、遠ざからなければならぬということだ。われわれが抱く義務や正義や真実の観念は今は自明で、進歩的で、揺るぎないものに思えても、数年後、数世紀後には当然そうでなくなるだろう。だから、なるべく早いうちにいちばん高い視座と理想を持つことが賢明なのだ。

ルイ十六世がどうすべきだったか知っている今、われわれが彼の立場にいたなら行なったであろうこと、つまり王の偏見による数々の愚行をきっぱりと捨て去り、目の前の新しい真実と高い正義を潔く受け容れていたなら、われわれは彼の先見の明を賞讃していただろう。ところで彼は邪悪でもばかでもなかったのだから、たとえわずかの間でも冷静な哲学者の目で自らの境遇を見つめることができたはずだ。いずれにせよ、歴史的にも心理的にも自己を冷静に見ることは不可能ではなかった。迷いが厳粛で真摯なものなら、谷がいかに深くとも、多くの場合、われわれは変わることのない至上の山頂を見失うことはない。

だが普通の人間が、たてまえの現実の義務から、山頂のまばゆい至上の地点まで一気に駆け上がるには危険な隔たりがあるように思える。それでも正しいのは、常に最も高い地点であり、あちこちの谷に迷い込み、貴重な時間を無駄にした後で、結局はどうしても山頂へ向かわなければならないということをこれまでの人類の歴史のすべてが、そこで生きられた一つ一つの人生がみな立証しているのではあるまいか。賢者や英雄や偉人が、程度の差こそあれ、誰の目にも見えてはいるが、誰一人登ろうとしない高い嶺に人に先んじて単独で登攀する者でないなら、彼らに何の価値があろう。

21

多くの人間の運命がその手中にある時、指導者には優れた先見の明が必要だろう。しかしルイ十六世がこの種の人間、つまり先見の明ある指導者であるべきだったというつもりはない。それどころか、飛び抜けて有能な人物なら王の過ちを、したがって、そこから生じた禍を避けられたろうというつもりも毛頭ない。

だが、これだけは確かだ。あの一連の禍のどれ一つ、人間を超えたところに原因はなかったし、避けられないほど超自然的であったわけでもまた、過度に神秘的であったわけでもない。それはいま一つの世界からやってきたのではなかった。巨大で、不可解で、気まぐれな神がもたらしたものではなかった。この禍は、忘れ去られていた「正しくありたい」という思いが人生の中でふと目覚め――もっとも理性の中では一度も眠ったことはないのだが――その思いから生まれたのである。「正しくありたい」という思いほど、懐かしく、慕わしく、人間的で、やすらぎとなるものがこの世にあるだろうか。ただその人の身辺の平穏という点から考えたら、この思いの目覚めが王の治世の時期に重なってしまったのは悲しむべきことだった。彼が自分の運命に愚痴をこぼしたのは、これくらいのものだった。運命への愚痴などどみな似たり寄ったりだが、これもその一つにすぎない。

しかし、見方を変えればこうも考えられよう。彼が断固たる行動、高潔で誠実な行動、冷静で気高く、先見の明と叡知ある行動を取ったなら、出来事の流れを変えることもできたろうと。もしヴァレンヌへの逃亡が、それ自体は弱い、罪深い、欺瞞にみちた行動だったにせよ、世慣れた人のするように、もう少し大人びた、良識ある仕方でなされていたなら、彼はけっして処刑されるようなことはなかったろう。

惨めな旅の仕度と道筋を、妻の愛人の愚かで、見栄っ張りで、浅はかなド・フェルセンに任せる気になったのは神の意思によるものか、それともマリ・アントワネットに対する卑屈な気遣いのせいだったのか。また宿駅で替え馬のたびに、三度も四度もわざわざ人に見咎められるように馬車の扉から顔を出したのは、底知れぬ神秘の力に促されてか。それとも彼自身の無頓着さや軽率さ、もしくは無気力と背中合わせの自分の星に対する挑発的な一種の自暴自棄によるものだったのか。性格の弱い、ちゃらんぽらんな連中がよく危機に瀕して無謀な振る舞いをすることがあるように。

危機的な、ヴァレンヌのあの不吉で息詰まるような夜、それは実はまだ定まらぬ運命が不動の山のように行く手を遮ろうとしていた歴史の暗夜の一つだった。人はそこに、生まれて初めて歩く幼児のように——自分が白い小石につまずくのか、緑の草むらにつまずくのかもわからずまた、右に転ぶのか、左に転ぶのかもわからない、生まれて初めて歩く幼児のように——運命が一歩進むたびに、よろめいている姿を見るのではなかろうか。あの夜、悲劇的に馬車が停止した時、一青年、若きドルーエが「国民の名において!……」と鬼気迫る声で叫んだ時、馬車の中で王が一言「鞭を!」あるいは「馬を駆れ!」と命ずればよかったのだ。もしそうしたなら、読者も私もおそらく今生まれていなかったかもしれない。なぜなら、世界史は違っていたろうから。

さらには、面食らってどうしようか迷っている、丁重な村長(彼はすべての扉を開け放つようにという有無をいわさぬ命令をひたすら待っていたのだが)を前にした時、あるいは宿屋や、村の実直な乾物屋ソス氏の店において、はては救出のために軽騎兵たちを引き連れてゴーグラとショワズルが到着した時、一切は「ウィ」や「ノン」の一言、あるいはただ一歩、ただ一つの身振り、ただ一つのまなざしにかかっていたのではなかったか。そして、そうした機会が何度あったことか。

自分がとことん知り尽くしている十人の人間を、仮にこのフランス王の立場に置いてみるなら、必ずやそれぞれ異なる十の夜の結末を思い浮かべることができるだろう。結末の異なる十の夜は、運命にとってはまさに敗北を意味する夜だろう。己れの本質をあばかれる夜なのだから。勝手を許して、ただ甘受し続ければ、嵩にかかって人生にのしかかってくる運命という巨大な神秘の力が権威を失い、うろたえて、無力で惨めな姿をこれほどあらわにわれわれの前にさらすことはない。これほど完璧に、うわべだけの壮麗で立派な衣装をはぎ取られた姿をさらすことはない。悲嘆に暮れて、うろうろと死と生の間を、生と死の間を幾度も行きつ戻りつし、はては恐怖に駆られた小娘のように、自分よりほんの少しだけ決断力も生命力もある、不運で弱い男の腕に身を投げて、決断と庇護を――かつては高い知性と強い意志の中にしか見たことのなかった決断と庇護を――夜明けまで哀願し続ける惨めな姿を……。

22

とはいえ、これだけが真実だというのではない。

ただ、このように事物を見、運命の果たす役割の範囲を狭めることは有益なのだ。運命を迷いためらう女性のように迎え入れ、正しく導くことは有益なのだ。なぜなら、そうすることによって、危機的な状況に際して、われわれは自信や決断力や勇気（それらがなければ実際的なことなど何一つできないだろう）を失わずにいられるからである。しかし、運命に対してこれ以外に対応の仕方がないというのでもないし、ただ意志と知性を崇めていればそれでいいというのでもない。知性と意志は、戦う兵士らのように常に敵に立ち向かい、克服して生きていかなければならない。立ちはだかる未知なる敵を、己れの糧にできるようにならなくてはいけない。

人は今歩いている小道が遠く見えなくなるはるか彼方の無限の世界のことを片時も忘れずに、だが同時に、現在の小道を意志の確かな足取りで進む時だけ、展望のない人間たちのあまりに狭い幸福からも、惰性の行動からも解放されるのである。一切が自らの手中にあるのだと信じて常に行為しよう。しかし襲ってくる大いなる力には潔く従うという柔軟な姿勢をけっして忘れてはならない。すべては予測がつくのだと、現実の一つ一つの行為に関わる肉体の「手」は信じなければならない。しかし、物の世界で朽ちることも滅びることもない神秘に通じた観念の「頭」は、大いなる一切のものは、多くは予測などつかないということをも常に覚えておかなければならない。

自身では行なおうともしなかったことを実行に移し実現させるのがこの予測のつかない力、未知なる力だ。ただし、この力は、われわれの心の奥にそのための「祭壇」がない限り、閉じ込められたまま現れることはない。極限の状況でナポレオンのような並みはずれた意志力に恵まれた者たちが、この予測のつかない「運」をどのように働かせたかを考えてみるとよい。何一つ高邁な希望のない者たちは「運」をまるで病弱な子どものように内に閉じ込めてしまう。逆にそれを、人類がまだ全体を認識しきれない無限の領域へと、おおらかに解放する者たちもいる。しかも解放したからといって、彼らがそれを見失うことはない。

23

今述べた、この一連の歴史の激動の時期は海の嵐のようだ。

われわれは遠い平原のはずれから海岸まで駆けてき、崖に立って海を見る。期待に胸ふくらませ、子どものようにわくわくしながら巨大な波に目を向ける。すると普通より三倍も高く激しい波が、透明な筋肉をした怪物のようにやってくる。水平線の彼方から猛烈な速度で広がってくる。火急で重大な事実をもたらす使者のような速さで。怪物は背後に、大海の秘密の一つを暴いてしまうほどの深い爪痕を残す。小さなさざなみのたゆたう、雲一つ、うねり一つない穏やかな日常の海にも、やはりこの透明で計り知れない巨大な波はつぎつぎに襲ってくる。後には人一人、草一本、小石一つ残らない。

何か不幸な出来事を知り、悲しみに沈んでも、そのことに人間的な深い関心を寄せ、そこから光を得られないようなら、その人は賢者とはいえない。そのような悲しみの例として、ここに同じフランス革命を生きた、ルイ十六世のそれよりもはるかに暗く、苛酷で、ただ口ごもるしかないような運命がある。

私はジロンド派の人々のことをいっているのである。中でも、賞讃すべきヴェルニョー[19]のことを。当時の彼にはまだ隠されていた彼のたどる運命のすべてがわかる今でさえ、また、まれな一時代の潮流がどこへ向かおうとしていたのか、ほぼわかる今になってさえ、われわれには彼ほど賢く、高貴に振る舞うことはできないだろう。いずれにせよ、もし、誰であれ、もはや歯止めのきかない歴史の大火の中に巻き込まれたら、あれほどの気高さを失わずにいることなど、とてもできはしないだろう。

われわれは時折想像の中で、愛と叡知と、汚れない感情にみたされて、自分が無垢で、恐れも底意も過誤も弱さもない美しい者となり、すでに人けのない「死の影の漂う」国民公会[20]の、ヴェルニョーの席からほど遠からぬ席に腰かけて、彼と同じように考え、同じように話し、同じように振舞ってみたくなることがある。

彼はこの悲劇的な一時期の対極に、永遠なるもの、ほんとうに確かなものがあることに気づいたのである。そして、彼が身を捧げた理想と正義にとっては、人間性や寛大さなど最悪の敵に思われた恐るべき日々にあっても、彼はその二つのことを片時も忘れず、固く守ることができたのである。

そして「当時は理性的で現実的で正しいと思われたことに、偉大で高貴な疑念を抱き、勇敢に、まっすぐ、どこまでも彼方へと突き進んでいった」

非業の、だが予期されてもいた彼の死は、道半ばに至らぬうちにやってきたが、しかし、そのことでわれわれは知ることができたのだ。人と運命との謎多き闘いにおいては、往々にして、重要なのは肉体のいのちを救うことではなく、最も美しい感情や、この上なく高潔な思いのいのちを守り通すことなのだと。

肉体のいのちがなくなったら、お前の高潔な思いとやらに何の意味がある。そう反論する者もいるだろう。それに対してこう答える者もいるのだ。だが、肉体のいのちを守らんがために、心や精神において、私の愛する一切のものを失わなければならないなら、私に何が残るというのか、と。われわれの倫理や美徳、人間的偉大さは、ほとんどすべてこの選択に還元されるのではないだろうか。

24

しかし、われわれがこうして語っている叡知とは、そもそも何であろう。あまりに厳密な定義づけは避けよう。叡知を檻に閉じ込めてしまうから。定義づけなどしようとする連中はみな、灯火そのものの性質を調べるのに初めから火を消してしまう人のようなものだ。そんな者には焦げた芯と灰しか発見できまい。「お利口《サージュ》、という言葉は」とジューベール[21]がいっている。「いわれれば説明などしなくても、子どもにはちゃんとわかる言葉なのだ」。叡知がわれわれと共に変化、向上し、その火を消してしまわないために、子どものように理解しよう。

「底知れぬ深淵こそ、その最も美しいフォルムなのです」。ロイスブルーク[22]の信仰上の謎多き敵手、修道女ハデヴィーク[23]が愛について語ったこの言葉を叡知にも当てはめてみよう。つまり、叡知には固定したフォルムがあってはならぬということだ。その美は炎の美と同様、たえず変化しなければならない。それは己れの玉座に永遠に鎮座している不動の女神ではない。そうではなく、われわれと共にあり、天にも昇り地にも降り、共に悲しみ共によろこぶ女神《ミネルヴァ》なのだ。叡知が一生の間変化し続けないなら、その人は真の意味で賢い《サージュ》とはいえない。賢いという言葉に美と深みを加え、その奥行きを広げれば広げるほど、人はそれだけ賢くなる。叡知が少しずつ高みへ向かうたびに、超えられた低い叡知がけっして巡り歩くこともないであろう領域が魂の目に見え始める。

## 25

賢いということは、己れを自覚的に知る自己意識のことである。しかし、意識が自己存在の広大な領域にまで拡大すると、ほんとうの叡知は通常の意識よりはるかに深いのだと人は気づく。われわれにとって意識の拡大が必要なのは、ただそれによってヴェールが取り除かれる無意識の領域がいっそう向上するためなのである。混じりけのない叡知の水源は、新鮮な無意識の高地にある。無意識の領域は誰にでもあるが、ただ同じ無意識といっても、通常の意識の圏内のものから、それをはるかに超えたものまで、広い範囲に及んでいる。大部分の人々は前者の領域を出ることはないが、叡知を愛する人々はたえず後者の領域に向かって新たな道を切り開いている。

もし私が愛するなら、そしてその愛によって人間に可能な限り完璧な意識を獲得するなら、通常の愛を覆っている闇の無意識とはまったく異質の、光の無意識がその愛を照らし出すだろう。闇の無意識は動物の領域のものだ。光の無意識は神の領域のものだ。ところで、この光の無意識は、愛が闇の無意識的衝動を失って初めて神の領域のものとなる。われわれは無意識から一歩も外に出られない。しかし、われわれの存在が浸っている無意識の水をたえず純化することはできる。

26

叡知あるとは単に理性だけを崇めることではない。また、われわれの動物的な衝動を労せず克服できるように理性を習慣づけることでもない。もし理性を導き、別種の衝動に、より高い魂のそれに従わせないなら、単に低い衝動を克服したとて空しい勝利だろう。低い衝動をしだいに浄化し、何ものにも拘束されなくなるまで高めない限り、勝利は無価値であり、追い求めるに値しない。勝利の目的は、それ自体にはない。勝利はただ、われわれの魂のたどる道から——それはたえざる浄化と光への道である——障害物を取り除くために役立つだけである。

27

理性は叡知の扉を開きはするが、生きた叡知は理性の中にはない。理性は悪しき運命の扉を閉ざしはするが、彼方に善なる運命のいま一つの扉を開くのは叡知である。理性は内に向かい閉じ籠もり、禁じ、後退させ、奪い、破壊する。他方、叡知は外に向かって働きかけ、促し、前進させ、与え、創造し、殖やす。

叡知は理性の産物ではない。魂のある種の欲求だ。その営みは理性を超えたところでなされる。それゆえ真の叡知の特性は、理性が認めない、もしくは認めたとしても後から追認することしかできない多くのことを行なう点にある。だから、かつて叡知が理性に「悪に対して善で報い、汝の敵を愛せ」と命じた時、理性は、理性の国でいちばん高い所に登ってやっとその言葉の正しさを理解できたのである。しかし、叡知はまだ満足などしていない。今もたった一人で、その先を求め続けている。

## 28

もし叡知がただ理性にのみ従い、理性とまったく同様に、ひたすら低い衝動の誘惑を断ち切るだけで満足しているなら、いつまでも同じ段階にとどまり、たった一つの、理性と変わらぬ叡知しか存在しないだろう。叡知とはいえ、それは新鮮味のない色あせたものだろう。すでに理性もそれを知っているのだから。

　ところで、それぞれの叡知には、たしかにある種の共通部分がある。[24]しかし、そこに流れる霊的な力はみな異なっている。たとえば[25]ソクラテス、イエス・キリスト、アリスティデス、マルクス・アウレリウス、フェヌロン、ジャン・パウルでは、みな違う。ある出来事がこうした人々の死んだ理性の水に落ちれば、出来事の本質は一つも変わらないだろう。だが、彼らの生きた叡知の水に落ちれば、出来事はまったく変わってしまう。とはいえ、イエス・キリストとソクラテスが一人の不義を犯した女に出会ったなら、彼女に語る二人の言葉は、理性の段階ではほとんど変わらないだろうが、言葉と思考を超えた叡知の段階ではまるで違う世界の力を彼女に及ぼすだろう。そのような差異は叡知にとっては本質的なものなのだ。賢者の出発点はみな同じ理性という地点にあるが、理性が一応の勝利をおさめ、彼らが高い無意識の領域に自由に入れるようになると、賢者はそれぞれ違う方向に進み始める。

29

理性的な振る舞いと叡知にみちた振る舞いとの間には大きな隔たりがある。理性的であることが叡知にみちているとは限らない。逆に、叡知にみちた事柄は、あまりに冷徹な理性の目にはまったくといっていいほど理性的には映らない。たとえば理性は正義を生むが、叡知は善意を生む。善意の広がりは、老プルタルコスがいっているように「正義よりはるかに遠くまで到達する」。人間の偉大さは理性に依拠しているのだろうか。叡知に依拠しているのだろうか。

叡知とは、道徳生活の場で実践される無限への感情にほかならない。なるほど理性にも無限への視点はなくはない。しかし、それは無限を事実として認知するだけである。そもそも理性とは、人生の中で無限の意味など重視したりしないものなのだ。われわれの叡知は、叡知ある体験を通して無限なるものが魂の中で輝きを増せば、それだけいっそうゆたかになる。理性の中に愛はないが、叡知の中にはあふれている。いちばん高い叡知は、愛の中にあるいちばん純粋なものと等しい。ところで愛とは、無限なるものの崇高《ディヴィンヌ》な姿である。そして神的《ディヴィンヌ》なるがゆえに、根源の意味で人間的なのである。叡知とは理知に対する、神智の勝利だといえないだろうか。

## 30

人はどれほど理性的であってもかまわない。ただその理性を司るのは叡知なのだ。理性が愛のまなざしを向けられて、すぐに応えられないようなら、叡知ある者とはいえない。もしイエス・キリストや偉人たちの理性にこのような従順さがなかったら、彼らに何ができたろう。偉大な行為は、理性の限界を超えたりしないとでもいうのか。しかし理性だけを信奉し、その理性ゆえに行為に至らない者たちに比べて、イエスには叡知が足りないなどというばか者はいないだろう。

繰り返すが、真の叡知を育てる苗床は愛であって、理性ではない。たしかに叡知の根には理性もなくはないが、叡知は理性の花ではない。別のいい方をすれば、叡知にとって大切なのは、理知という自分の遠縁の娘ではなく、それとは質の異なる智にほかならない愛という大の仲良しの姉妹なのだ。

初めのうちは理性と愛は、高みへ向かいつつある魂の中で激しい闘いを演じるが、最後には両者は調和へと至り、叡知が生まれるだろう。この調和は、理性が己れの領分を愛に譲れば譲るほど、いっそう甘美で美しいものになる。

31

叡知は愛の光であり、光の源は愛だ。愛が強ければ、それだけ叡知は輝く。叡知が輝けば、それだけ愛に近づく。だから愛さなければならない。愛するなら、限りなく叡知の光は高まるだろう。だから叡知を高めなければならない。叡知が高まれば、愛さずにはいられない。今より善良になること。ただそのことによってだけ、人は真の愛に至れる。今より善良になるとは、今より叡知にみちることである。たとえそれが卑俗な愛だとしても、他者を愛して魂が少しでも向上しないような者はこの世にいない。そして常に愛する者は、愛によって今より常に善良になる。だから愛は絶えることがない。愛は叡知を育て、叡知は愛を育てる。それはたとえば光の環。中心で愛にみちた人々と叡知にみちた人々が熱く抱き合う光の環だ。叡知と愛は一体である。●—26スウェーデンボルグの天界では花嫁とは、賢者の「叡知への愛」のことだ。

32

「理性は」と、フェヌロンはいっている。「われわれの明晰な観念の中にしかない」。しかしこれに付け加えるなら、叡知——魂と人格の営みにあって最高に善なるもの——は、いまだ明晰ならざる観念の中にしかないと。明晰な観念によってだけ人生を生きていくなら、早晩その人は愛にも尊敬にも値しない人になるだろう。

実際、善良で正しく寛大であり、どんな事柄においてもできるだけ高貴な感情と思いを抱かなければならない。この信念にわれわれを至らせる一つ一つの観念ほど、明晰さと無縁なものもない。しかし幸いにも、人は明晰に思考すればするほど、このいまだ明晰ならざる観念を大切にできるようになる。だから深くとらえ難い観念をより多く己れの魂の中に目覚めさせるために、できるだけ明晰な思考を、できるだけ多く積み重ねるよう心がけなければならない。

われわれの外的な生は、明晰な観念に導かれているように思えることもあるが、内的な生は、明らかに別の観念に導かれている。見える生は、結果として常に見えない生に従っている。とはいえ、この深くとらえ難い観念の質、量、力は、明晰な観念の質、量、力に左右される。そして明らかに、われわれがひたむきに求めるそれぞれの真実は、たいていはみな、この深くとらえ難い豊饒な観念の中で忍耐強く自分たちの出番を待っているのである。それらの待機の時を短くしてやるべきだ。われわれの内に明晰な美しい思考を目覚めさせれば、それは必ず深くとらえ難い美しい観念を目覚めさせることになる。そしてこの観念が成熟し、明晰なものとして生まれる時——というのも初めから完璧な明晰さなど、多くは思考の衰えの証拠ではないだろうか——それは次にまた、同じように別の深くとらえ難い観念を眠りから目覚めへと導くだろう。そして目覚めた観念は、深くとらえ難い闇の中にあった頃より、いっそう美しく、いっそう高いものになっている。耐えながら、めげることなく、成熟したこのような観念が順次、まだまどろんでいる観念を手探りで目覚めへと導くうちに、ある日偶然、その一つが見えない小さな手で、ふと偉大な真実の肩にふれるだろう。

33

明晰な観念も深くとらえ難い観念も、知性も感情も、意志も理性も魂も、ごく大雑把にいってしまえば結局はみな同じ範疇の言葉なのだ。つまり、人間の精神の豊饒さという……。おそらくわれわれの知の最も美しい憧れの対象は魂しかないだろう。そして魂から見れば憧れの対象は神のほかにないだろう。この種の事柄には、ここからあそこまでといったような明確な区別がつけにくいものが多く、いちばんうまくいっても、たいていは分割される領域を明確に区切ることなどできず、あいまいで不分明な線引きが、かろうじてなされる程度なのだ。

自己認識はたぶん、われわれに残された理想のうちで唯一手のとどくものだろう。だが、この認識は一見したところ、もっぱら理性によってのみなされるように思える。しかし実際は理性によってどの程度なされるものなのだろう。善良で正しく誠実な、つまり最高の徳を身につけた者こそ、ほんとうは宇宙における自己の真の姿を誰よりも正確に認識できるのではなかろうか。だが、それができたと自信をもっていえる者がいるだろうか。われわれの徳の意識は、神秘の無意識とでもいうべき闇に深く根を下ろしているのではなかろうか。知の最も美しい憧れの対象も、認識するには知性の道を利用するしかない。そこでわれわれは、収穫物が道を通るからには、それは知性の道で獲れたのだと思い誤る。しかし最も明晰な知でさえ、たとえ己れの領域を歩く時でも、一歩ごとに知の道を逸脱している。とはいえ、憧れの対象に「(言葉の) 美しいドレスをまとわせる」最初の仕事をするのは、この知性なのだ。その後のことは知性の力が必ずしも及ぶわけではないが、知性が種子を播《ま》かないなら、後で芽も出ないのだ。

知性の娘、下の者たちを仕切る長女ゆえに理性は、人間の生命や本能のエネルギーが目覚めぬ状態で潜む無意識の闇へ通じる地下の扉を開け、己れの役目として、その出口に腰かける。理性はランプの明かりを手にして見張るだろう。理性がそこにいると、まだ光を受け容れられない闇に属するものは何一つ出口に近づけない。もっと奥へ行けば理性の明かりはとどかなくなり、そこからはどこまでも闇の生の世界が続いている。彼女 (理性) は闇を少しも不安に思わない。逆に楽しんでさえいる。彼女には自信がある。彼女の信じる「神」の立場からいえば、その被造物である最高に理性的な人間に対しては、夢であれ思考であれ行ないであれ、自分 (理性) の光のアーケードを通らないものは、いかなる力も及ぼせないということに。

理性に与えられた仕事は、自らの炎で辺りをできるだけ広く、明るく照らし出し、持ち場を離れないことだ。やってくるものが低い本能のざわめきと闇の衝動でしかないなら、理性は容赦せず捕え、抑える。だが、時にはその中に覚醒したものがある。それは理性よりまばゆく輝きながら出口を通過しようとする。それが発する光は、理性の手にした、明るく揺るぎない炎の光より茫漠として、いいようのない、この世ならぬ美しい光だ。

このようにして理性を超えていこうとするものこそ愛の光であり、超越的な善の光だ。あるいは何か別の、もっと神秘にみちた無限なるものの光だ。理性は狼狽する。どうしたらいいのか。世界に存在するのは自分だけではないということをまだ知る勇気がないのだから、理性は譲り退かなければならない。それでも居続ければ、ついには取り乱し、恐怖し、あげくの果てに、かたくなに地下の扉を閉ざすだろう。だが、決死の覚悟でそっと再び扉を開けてみると、もはや火は消え、暗い階段の昇り口に残っているのは、ただ一握りの空しい灰ばかりだ。

理性にとってこの不可解なものたちは、だが、理性を抹殺する炎など、自分たちを含め、ありはしないのだ、とだけは教えてくれよう。だから理性が恐れずにもし、理性的な生にあっても己れより偉大な火の中に自らを投じるなら、その時、光と光の得もいわれぬ交わりがなされるだろう。神秘の火の油が知の火の油と混ざり合う。するとそれは、この世ならぬ白熱したまばゆい炎となって燃え上がる。そして理性の炎は永遠の変貌を遂げ、狭い門は広がり、炎はいっそう高く、力強く、純粋に燃えさかるだろう。

34

孤立した純粋な叡知の話はひとまずおき、ここでおおぜいの人間たちの運命と共に歩み、共に死へ向かう者の叡知に話を戻そう。叡知があるからといって、彼の運命が悪意ある者や愚か者の運命とまったく無縁であるといい切れるだろうか。いやそれどころか、一人一人の生はたえず互いに関わり合っている。金の糸は麻糸といっしょに大部分の出来事の中に織り込まれている。悲劇の中には、オイディプス王やエルシノアの王子の悲劇ほど急激に進展せず、あれほど恐ろしくもなく、正義や愛や真実にかなったものもある。

叡知を尊ぶ者たちに、叡知は無知な人々、悪意ある人々の利己心を喜ばせるようなものは何一つ与えない。叡知のすばらしさを語る者が最も叡知にみちるのは、ただこの事実を率直に、嘆くことなく謙虚に認める時だけだ。賢者がやってきても人々が気づくような大きな変化が起きない場合の方がかえって多いのだ。これは彼の到着が早かろうが遅かろうがまた、出発が遅かろうが早かろうが同じことだ。あるいは、人々と現実的な接触のあるなしにもまた、おおぜいの者たちの長い間積もりつもった敵意と賢者自身が闘う必要のあるなしにも関わりないのである。

彼は目に見える奇跡など起こさない。この世のありふれた方法によってまだ救い出せる事柄だけを救い出すにすぎない。そして彼自身、逃れられない巨大な破局の渦に巻き込まれることもある。だがそこで死を迎える時でも、彼は世の人々のように死の何週間も、何年も前から、己れの魂が滅びていくさまを、ただなすすべもなく絶望して眺めながら最期を迎えたりはしないだろう。

したがって、人生には二つの相があり、人を救うとは、必ずしも単に死や目に見える不幸からその人を救うことだけではないとわかるだろう。それどころか、その人間を少しだけ善良にすることによっても、今より明らかに幸せにできるのだ。道徳生活における救済こそ、偉大な救済なのだ。しかし悲しいことに、これは存在の高みで起きている一切のことと同様、小さなことに思えてしまう。

悔い改め、善良になった盗賊は救われたのではなかったか。キリスト教的な意味でばかりでなく、「救われる」という言葉の最もゆたかな意味においても。しかし盗賊はまさにその時、死を迎えなければならなかった。それでも彼は永遠に幸福な者として死んでいった。最期に愛され、しかも限りなく叡知にみちあふれた方から、こう告げられたのだから。

「お前の魂も無用ではなかった。それもまた善良であり、誰からも顧みられずに一生をすごしたわけではない……」

35

低い生へ降りていくにつれ、人はそれまで以上に多くの悲しみと弱さの秘密を知るようになる。われわれの周囲には、自分たちが無用な存在だと信じ、誰からも顧みられず、人から愛されるすばらしい点など何一つないと思い込み、死に等しい生を送っている魂がどれほど多いかに気づく。けれども、どんな魂にも生きる神秘の力が与えられている。このたった一つの理由のために、叡知ある者がすべての魂にまなざしを向け、賞讃し、愛する時がやってくるのではなかろうか。うわべの弱さ、悪徳、偽りの背後にほんとうの強さや美徳や真実が隠れていることを叡知ある者が見抜く時がやってくるのではないだろうか。

すべてが明らかになる祝福された時がくれば、もはや悪意とはただ導きを失った善意にほかならず、裏切りとは幸福へ至る途中で道に迷った貞節にほかならず、憎しみとは愛に――悲痛な思いを抱いて自ら墓穴に入った愛に――ほかならないことがわかるだろう。その時、気づかぬうちに、キリストのかたわらで悔い改め、善良になったあの盗賊の身の上がそっくり、叡知ある正しい人のかたわらで、われわれすべての身の上になるだろう。叡知ある者のまなざしや言葉や沈黙によってこうして救われた人々は、この上ない貧者でさえ、運命が襲いかかることのできないほんとうの幸福にみたされて、昼間飲んだ毒杯のことなど忘れ去り、静かに夜を、やってくる死を、迎えることができるだろう。ソクラテスの至高の魂のように……。

36

そもそも内なる生はふつう思われているようなものではない。そこには外面の生と同じだけ多様な相がある。いちばんささいなものから偉大なものまで、みなこの内なる静謐な世界にやってくる。人は必ずしも知性の扉を通ってだけ、ここを訪れるわけではない。知識ある者がこの戸を叩いても開かないこともあるし、中からの応答が知とはおよそ無縁であることも多い。

揺るぎなく、堅固で、美しい内なる生は、魂の純粋な力によって意識がじょじょに構築するものである。偶然のもたらすものを日々糧にして、この内なる生を形成していく人は叡知ある人だ。悲しみや裏切りに出合っても、それが叡知のいっそうの純化のためにこそ役に立つ人は叡知ある人だ。悪に出合い、その悪ゆえに愛の炎を燃やさずにはいられない人は叡知ある人だ。苦悩の中に、苦悩自体の放つ光だけを常に見ようとし、苦悩が苦悩する者に投げかける翳《かげ》などに見向きもしない人、そのような人は叡知ある人だ。さらによろこびや苦悩を通して意識が拡大するばかりでなく、そのことによって何か意識より高いものが存在すると知る人は、さらに叡知ある人だ。この認識に至った時、人は内なる生の頂に到達する。そしてその高みから、内なる生を輝かす炎の全容が見わたせるようになるだろう……。

しかしそれはごく少数の人に限られる。普通の人間は炎がまだ細く暗い根のように張っている、ずっと低い谷間で幸福に一生を終えるだろう。もっと暗い生もあるが、そこにも同じ心の休息の場はある。無意識的な内なる生もある。決断力も知性もなく、己れの深みへ降りていく小道などけっしてわからず、静謐な内奥に何があるのかも知らない魂もある。それでもそれは、知性を通して一切の心の宝を探究する魂と同じように活動している。善こそ高みで光芒を放つただ一つの星だとも知らずに、理由もわからず、ひたすら善に憧れ、善を求める人々もいる。

ところで、すべての内なる生は知性の向上と共にではなく、魂の善良さと共に生まれる。おもしろいことに、悪においては内なる生は得られない。幾らかなりとも魂の気高さを持ち合わせていない者には、内なる生は得られない。例外なく、得られない。彼らがたとえ自己を知ったところで、なぜ自分が善良でないかくらいはわかるだろう。が、恐れずに自己に立ち戻ることのできる人なら誰にでもある力も、心の休息の場も、見えないよろこびの宝も、彼らには得られないだろう。内なる生は、魂の幸福からしか生まれない。そして、魂が幸福になれるのは、それが純粋なものを愛する時だけだ。愛する対象の選択を誤ることがあるかもしれない。しかしその時でさえ、選択の機会すらなかった魂よりは幸福だろう。

37

だから、幾らかでも人の悪への傾向を抑えることは、もうそれだけで救うことになるのだ。それによって魂は力を得られ、運命に攻撃されてもはね返せるほど強固な場を作り上げることができるようになるからだ。この救いの場は良心（高い意識）、もしくは愛によって形成される。どちらであるかは重要ではない。愛とはまだ手探りで自分を捜している良心にほかならず、良心とは光の中で再び自分に巡り合った愛にほかならないからだ。

この救いの場のいちばん深くに、魂は人知れず歓喜の火を灯す。魂の歓喜の火は、地上で猛威をふるう病魔を退治する火のように、悲惨な運命が後に残していく多くの悲しみを焼き浄める。魂の歓喜はほかの喜びとは異なる。それは外的な幸福からも、自己愛の満足からも得られない。魂が向上し気高くなるにつれ、自己愛はますます減少し、純粋な愛のよろこびが増大してくるからだ。つまり、それはうぬぼれとは無縁である。魂は己れの美にうっとりし、笑みを浮かべて、それで幸福を感じたりはしない。ある程度自己意識を獲得した魂は、己れの美に自覚的になるだろうが、自身の美に対する過剰な意識は、それだけ愛の無意識の美を奪う結果になる。顕在意識の重要な仕事は無意識――つまりまだ現れることを望まない潜在意識――への畏敬の念を教えることだ。私がここでいう歓喜はしかし、それによって意識が拡大しても、それで愛が貧しくなることはない。それどころか、ほかならぬこの魂の歓喜にあっては、愛は高い意識（良心）を通してゆたかになり、ゆたかになった愛は高い意識の糧になる。

向上した精神は、満足した肉体が経験したことのない幸福を知る。だが、浄まった魂は向上した精神が経験できるとは限らない歓喜を知る。たしかに向上した精神と、浄まった魂は協力し合って常に内なる場を堅固にしようとするだろう。しかし両者が独自に活動し、固有に形成する異なる場もある。もしこのように異なる場があり、仮に愛する人がやってきて、どちらを選ぶべきか、より深く堅固で平安な救いの場はどちらの方かと尋ねたら、私は迷わずこう答えるだろう。浄まった魂の場を選び、運命の攻撃から身を守れ、と。

38

叡知ある者は苦悩することはないのだろうか。彼の住む土地の空はどんな嵐の暗雲にも覆われることはないのだろうか。誰も彼に罠を仕掛けたりしないのだろうか。妻や友人が彼を裏切ることもあるのではなかろうか。彼が気高いと信じていたことが卑しくなることもあるのではないだろうか。彼の父母も息子も兄弟も、ほかの人たち同様、死んでいくではないか。悲しみの通り道は天使たちに守護されていて、彼らのもとにはやってこないとでもいうのだろうか。イエス・キリストはラザロの墓の前で悲しまなかったろうか。マルクス・アウレリウスは息子（すでに息子の中には血も涙もない怪物が現れていた）コンモドゥス[27]と妻（彼は愛していたが妻の方は少しも愛していなかった）ファウスティーナのことで苦悩しなかったろうか。

ティモレオン[28]と同じくらい叡知あるアエミリウス・パウルス[29]は、ローマでの凱旋の五日前に上の息子を亡くし、その三日後に下の息子も失った時、運命の無慈悲な力を嘆かなかったろうか。ならば、幸福を守るための叡知の防壁など、たいして役に立たないものなのだろうか。われわれは前言を取り消さなければならないのか。そして叡知を人間の多くのはかない幻想の一つに加えなければならないのか。低い魂が理性に対し己れの欲望を――もう誰もが体験からその空しさを知り尽くしている欲望を――正当化するための手段にすぎない人間の多くのはかない幻想の一つに……。

39

実は、叡知ある者もまた苦悩するのだ。彼は苦悩する。そしてそれは叡知を生む力の一つなのである。完璧な存在により近いゆえに、叡知ある者はほかの者以上に苦しむだろう。いや、彼はさらに苦悩するだろう。個人意識が薄れれば意識は大きな愛へと広がり、それだけ人は苦悩し、苦悩して叡知にみちれば、それだけ個人意識は薄れ意識は大きな愛へと広がるように彼には思えるからだ。

彼は苦しむだろう。肉体で、感情で、精神で。なぜなら、この世のどんな叡知をもってしても、運命から救い出せない部分が肉体にも感情にも精神にもあるからだ。したがって、回避しなければならないのは苦しみそのものではなく、苦しみがもたらす失意と重い鎖の感情だ。それは、人生の多くの悲しみの曲折のために道の先が見えず、後でやってくる真実の主人ではなく、先ぶれの使者にすぎぬ者を主人と思い誤って迎え入れる人間を襲う感情である。

たしかに叡知ある者もまた、普通の人間と同じように家の壁を揺り動かすほど執拗な使者のノックに飛び起きるだろう。彼もまた階下に降りていき、使者と話さなければならない。しかし話しながら叡知ある者は、朝っぱらからやってきた不幸の使者の肩ごしに、彼方に広がる地平から、ほこりを舞い上げながらこちらに向かってくる、おそらく使者の主人である「もっと偉大な観念」にたびたび目をやりながら、直接その主人に問いかけるだろう。実際、不意打ちしてくるかもしれない不幸など、もし幸福のさなかにあったら小さなことにしか思えないだろう。けれども現実にやってきたら、そうはいっていられない。それでも不幸が、われわれが真に愛し、讃え、崇める一切のものを堕落させ、意味を剝奪できない限りは、人間の持つ永遠の勇気の火を消すことはできない。しかも、われわれが自分でその玉座から追いやらない限り、外部のどんな力も、そうした気高い思考や感情を貶めることはできないのだ。肉体的な苦痛を除けば、ほかに人間に痛みを与える苦しみはわれわれの想念によるものだけだろう。ではいったい、そのような想念はどこから攻撃や防御の力を得るのだろう。人は苦しみそのものを苦しむのではない。その受け容れ方によって苦しむのである。

「彼が不幸だったのは彼自身の責任だ」と、荒々しい不幸の使者の肩ごしに、彼方の主人を見やることのできなかった者たちの一人にふれながら、アナトール・フランス[30]はいっている。「彼が不幸だったのは彼自身の責任だ。なぜなら、実際の不幸はすべてわれわれの内にあり、自分自身で作り出すものだからだ。誰もが不幸は外からやってくるものと思い誤っている。しかし、人は自分自身の素材を使って、自分の中で不幸を生み出すのである」

40

出来事を左右する力は、われわれがその出来事をどう受け止めるか、その受け止め方の中にしかない。人生の最良の時に、アエミリウス・パウルスのように二人の息子を亡くした者を十人集めてみれば、互いに少しも似ていない十の悲しみがそこには存在するだろう。不幸はわれわれのもとにやってくるだろうが、それは、われわれに命じられたことしかしないのだ。われわれの心の入口に刻まれている命令を見つけ、その通りに種を播き、畑を荒らし、刈り入れるだけだ。

もし、隣家のつまらぬ男の長年の希望が幸運にも実現されたまさにその時、彼の息子が二人とも死んでしまったら、父であるその男の目の前はわずかな光もささない暗闇に閉ざされるだろう。そして一仕事終えた「不幸」は、もうすることもなくなり、後に燃えかすの灰を残して去っていくだろう。私はこの隣人にわざわざ会わなくても悲しみが彼にもたらす打撃が、相対的に見れば、それほど重大でないことがわかる。悲しみは、人が幸福な時に悲しみの戸棚に預けておいたものに正確に見合った分だけを返してくるにすぎないのだから。

41

だが今、同じ不幸がアエミリウス・パウルスを襲った。凱旋のパレードでまだ沸き返っていた街に電撃が走り、ローマはおののき、かたずをのんで待っていた。何が起きるのだろう。神々はこの叡知ある者を試したのだろうか。彼は神々にどう応えるのだろう。英雄はこの悲しみにどう対処するのだろう。悲しみによって彼はどうなるのだろう。

こうした時こそわれわれは、運命が幾度もこちらに攻撃を仕掛けて自分の力試しをしていることがわかるだろう。もし攻撃された者が揺るがなければ、運命には何か負の変化が起きるだろう。こちらを圧倒できずに下僕となった運命は主人の目の中に、おどおどと不安気に、姿なき自分への暗黙の命令が下されるのを卑屈に待っている。このことを忘れてはならない。

さて、アエミリウス・パウルスは自ら召集したローマ市民の中に進んでいった。そして堂々と次のように語った。

「私はこれまで人間のもたらすものを恐れたことは一度もなかった。だが、神々のもたらすものは常に畏れていた。中でも幸運のあまりのはかなさと、その永遠の無常を。それがたまたま追風となって、私のすべての作戦に味方してくれた、とりわけ今度の戦いの間に。実際、私はたえずそのような神のもたらすものが逆に作用し、私の幸運をくつがえし、嵐でも惹き起こせばいいと密かに思っていた。

然り、私はたった一日でブランディジアムからコルキュラへ、イオニア海を航行し、五日でデルフォイに到着し、そこでアポロンに犠牲を捧げた。さらに五日後には、わが軍と私はマケドニアに到着し、慣例通り儀式を行ない、わが軍を清めた。そして時をおかずに作戦を開始し、二週間後に戦いを終えて最も輝かしい勝利を手中にしたのである。事があまりにすばやく順調に運ぶので、私は当然ながらこの幸運に不信を抱いた。敵を制圧して心やすらぎ、どんな危険も恐れる必要のなかった私が畏れたことはただ一つ、戦勝で沸き返るこれほどの軍隊と、多くの戦利品をかかえて、囚われの王侯たちを連れ帰る航海の途上、幸運の女神が心変わりするのではあるまいかということだけだった。みなのもとへつつがなく帰還し、街中が歓呼し、祝い、神々へ感謝の犠牲を捧げるのを見た時ですら、まだ私は運命を疑っていた。というのも何一つ翳《かげ》りのない幸運の恵みなどあるわけがなく、大きな成功には常にねたみが付きまとうのを知っていたからなのだ。私の魂はこのおぞましい不安の中でこれからローマに振りかかろうとしていることに怯えおののき、その不安が現実となった時まで恐怖から逃れられなかった。それは、私の家に恐ろしい禍が振りかかり、一切が崩れ去ったのを知った時だった。凱旋を祝う神聖な時に、私はまだすばらしい未来のあった、唯一私自身の後継者として考えていた二人の息子を相次いで自らの手で埋葬しなければならなかったのである。

今や私の大きな危機は去った。そしてローマの繁栄は、これに耐えて長く揺るぎなく続くだろうと私は確信する。幸運は私の成功に、これほどの不幸をもたらして十分に復讐したのだから。それは凱旋将軍である私にも、その捕囚となった王にも同じように人間のはかないありさまをまざまざと見せつけた。ただわれわれ二人の違いは、捕囚の王●—31、ペルセウスは戦いに敗れたが、その子どもたちは生き永らえ、私、アエミリウス・パウルスは戦いに勝ったが、子どもたちを失ったということだ」

42

これが不幸にいちばん傷つきやすい時に、つまり幸福の絶頂にある時に人間を襲うものの中でも最大の不幸に対するローマ人の受け容れ方である。だが、ほかにも受け容れ方はあるだろう。この世に寛大で広量な思考や感情があるだけ、不幸の受け容れ方もあるのだから。そしてそのような思考や感情はみな、手にそれぞれ魔法の杖を持っており、やってきて心の中に入ろうとする「苦しみ」の服や顔を、杖の一振りで変えることができるのである。これをヨブならこう表現するだろう。「主は与え、主は奪う。主の御名はほめたたえられよ」と。そしてマルクス・アウレリウスならこういうだろう。「もし私が誰より愛している人たちを、もう愛することがかなわなくなったら、それはたぶん、私がまだ愛していない人たちを愛せるようになるためなのだ」と。

43

こんな空しい言葉の力を借りて彼らは癒されたのだ、などと考えてはならない。あるいは、こんな言葉のどれ一つ、彼らが覆い隠そうとするがゆえに、いっそう痛ましく見える傷口を癒すことはできない、などとも思ってはならない。それは一つには、空しい言葉によろうと、慰めをまったく得ないより得た方がましだからだ。また一つには、たとえこのようなことはみな幻想にすぎないと認めざるを得なくとも、その一方では、幻想だけが魂の抱き得る唯一のものであると認めることは間違っていないからだ。身のほども知らずに、幻想を別の幻想で軽蔑することなど誰ができよう。

たしかに、今例に挙げた偉大な賢者たちも、夕方、ひっそり静まり返った家に帰り、団欒の席にいるはずの子どもたちを捜しても、その姿はもはやなく、戻ることはないとわかれば、賢者たちも苦しみの一端は――苦しみから高潔な思い一つ紡ぎ出せない人々が丸ごと体験する苦しみの一端は――やはり体験するだろう。事実を無視して、ありもしない徳をあるとみなすのは、徳を、つまり、善なる思いや美しい感情を汚すことになろう。賢者とて、隠せない涙もあれば、叡知によってすら癒せない聖なる傷もあるのだ。

だが、大切なのは苦しみから逃れることではなく、それがもたらすものを取捨選択することなのだ。これを忘れてはならない。このような取捨選択は意味のない、見えない小さなことであり、そんなものに原因が明らかな苦しみを取り除く力はないと、はたして断言できるだろうか。われわれの徳におけるよろこび――肉体や知性における喜びよりはるかに深遠なよろこび――のすべてはこの種の見えない小さなことから生まれるのではないだろうか。英雄に善を行なわせる感情を「明晰に」説明したりすれば、それこそ意味のないつまらぬものに思えよう。

●—32
小カトーが抱いた義務観も、ローマ帝国の大きな混乱や（この彼の義務観自体が惹き起こしたとはいえ）彼自身の無残な自害に比べたら、見えない小さなものだろう。とはいえ、それは国の大きな混乱などより偉大なものではないのだろうか。そこには、現に死をも左右する力があるのではなかろうか。今日でもやはり正しいのは小カトーではあるまいか。この観念——それが自身と無関係に思われる間は理性にその価値はわからないこの観念——のおかげで、小カトーの生は内的にも、気高さから見ても、誰よりも幸福だったのである。

存在を高貴にし、畏敬の念を抱かせ、人を美徳へと駆り立てるもの、あるいは悪徳や犯罪そのものに対して誰にでも存在する心の抑制力、これらすべてを理性的に言葉で説明すれば、実際、取るに足らない小さなものに思えよう。しかし、実はこのような見えない力の中にこそ、われわれの人生の規範が存在するのである。そしてすべての人が、理性の支配を受けないこうした幾つもの真実に従って生きているのである。最も卑しい者たちでさえ、この真実の一つに従っている。彼が従う真実の数が多ければ多いほど、それだけ卑しさから解放されるだろう。人を殺した者はいうだろう。「人は殺したが、盗みはしていない」と。盗人はいうだろう。「盗みはしたが、裏切ってはいない」と。裏切った者はいうだろう。「仲間は売ったが、血を分けた兄弟は裏切っていない」と。このようにどんな人間にも、かくまってもらえる最後の美徳の家は残されている。

いかに堕落した人間にも、常にある種の心の聖域や魂の隠れ家はある。そこには、わずかだが清らかな水があり、生に必要な力を汲み取ることができる。ここでもまた、慰めをもたらすものは理性ではない。理性は、アンティゴネの犠牲的な死や、ヨブの運命の甘受や、マルクス・アウレリウスの愛の前で無力であったように、盗人や裏切り者の最後の隠れ家の前でも役に立たない。理性はその前に立ち止まり、何一つ理解も賛同もできない。それでもなお戦いを挑むとすれば、自分がその影にすぎない光に対して歯向かうことになるくらいは理性にもわかるだろう。なぜなら、そうした場面において理性は、たとえば日の光を浴びて立っている一人の人間のようなものなのだから。たしかに彼は、足もとに広がる自分の影を見て、それを前進させることも後退させることもできるだろう。身をかがめたり立ち上がったりして、見かけを変えることもできるだろう。しかし、周りにあふれるまばゆい光の中にあって、自分が支配し所有し命令できるのは、ただこの影だけなのである。これがより高い光の中にある理性の現実の姿なのだ。理性の落とす影は壮麗な光の静けさに何一つ影響を与えることはできない。マルクス・アウレリウスと裏切り者がどれほど互いに隔たっていようと、二人は同じ泉から魂にいのちをもたらす神秘の水を汲み取るだろう。そして、この泉は理性の中にはないのだ。

実に不思議なことだが、われわれの道徳生活全体は理性とは別のところにある。理性にのみ従って生きれば、人はこの上なく惨めになる。その根が理性には理解も説明もできない深部にまで到達していないような美徳も、善行も、気高い思考もない。それにもかかわらず、人間に具わっているものの中で唯一信頼できるからといって、理性にしか美徳も、内的な生も、よろこびもないというなら、それこそ人間の驕りというものだ。しかし何をなそうが、わずかな出来事からでもすぐにわかるだろう。避難すべき場は、けっして理性ではないということが。明らかに人間は単なる理性的存在ではないのだから。

## 44

だが、苦しみからやってくるものを取捨選択するのは理性ではない。では何かといえば、われわれの魂を形成してきた過去の人生がそれを選び取るのだ。人は右から左へすぐに叡知の収穫を取り入れることはできない。もし私がアエミリウス・パウルスのような人生を送っていないなら、彼に慰めを与えた思想のたった一つでも、私に慰めを与えることはないだろう。たとえこの世の賢者たちが口を揃えてそのような思想を私に説き続けても無駄だろう。われわれを慰め、悲しみの涙を拭いにやってくる「天使たち」は、その悲しみより以前にわれわれがいった言葉、抱いた思い、とりわけ行なった行為を正確に反映し、それに見合った顔形となるからだ。

[●—33] トマス・カーライル、賢者は賢者でも病的なところがあったが、その彼が四十年以上人生を共に歩んで、この上なく深く愛していた妻のジニー・ウェルシュを亡くした時、彼の悲しみもまた、二

人の過去の愛情生活を信じ難いほど正確に反映していた。だから暗い海辺の祈りや瞑想がそうであるように、果てしない呵責と優しさと悔恨の中で、彼の悲しみは、厳としていると同時に大らかで、苦渋と同時に慰めにみちてもいたのである。過ぎ去った日々のすべては、いわば一枚の絵として、悲しみに沈む心のキャンバスに愛情は愛情として、悪意は悪意として忠実に再現されるのである。

もし私の人生の思い出が、赦しも光も伴わないものばかりなら、いつか思い出が悲しみに変わる時——その時は必ずくる——やってくる悲しみにもまた、赦しや光はないだろう。われわれの悲しみの涙そのものには色はなく、だからこそ、それは魂の過去を映し出すことができるのである。そこに映し出されるものは、われわれの悪に対する報い、もしくは善に対する褒賞なのだ。

たった一つ、苦しみに変わらないものがある。それは、われわれがなした善なる行為である。愛する人を失った時、いつまでも心の底にわだかまり、事あるごとに蘇ってくる悲しみの記憶は、その人を十分に愛さなかった時の一つ一つの思い出である。もし、もはやこの世にいない人に生前常にほほえみかけていたなら、人は悲しみの中にあっても、どんな痛みの感情をも味わわずにすむだろう。そしてどれほど涙を流しても、そこからかつての愛撫の甘美さが、そのすばらしい魔法の力が完全に失われてしまうようなことはない。真実の愛——それはほかの一切の美徳をも併せ持つ善の営みなのだが——の思い出は、その愛の最も高く美しい日々に二人が流した慈愛にみちた涙と同じ涙を後にももたらすからだ。悲しみほど公平なものはない。自らの正しい報いを得るために、どんな人の人生も、鋳型が溶けた青銅を待つように、悲しみの時が鳴るのを待っている。

45

だが、運命の支配が揺るぎないここでもまた、運命より高い叡知を身につけた者には、その支配はまったくといっていいほど及ばないということも明らかなのだ。運命の非情さに変わりはないが、人間の叡知が到達し得る高みを脅かすほどの力はない。運命の攻撃の武器はみな日常生活の中にある。それはどれもこれも時代遅れの武器であり、オイディプスの時代からそうであったように、いまだに外的な出来事によってわれわれに攻撃を仕掛けてくる。運命は盲目の射手のように前方にまっすぐ矢を放つが、的が少し遠くにあれば矢は力尽きて落ちてしまう。

苦しみ、悔恨、涙や悲しみ等々、これら一つ一つは異なる価値を持っているが、みな類似した言葉なのだ。もし、言葉の根にまで降りていくなら、このように名付けられているものは、われわれの犯した過誤の痕跡であることに気づくだろう。その過誤が気高いものなら――卑小な正義があるように、気高い過誤もあるのだから――われわれの味わう悲しみや不幸も、意識を拡大することなく人生を送っている人々の喜びや幸福よりも、実はほんとうの幸福にずっと近いものになるだろう。

カーライルは自分の魂の中に花開いた悲しみというこのみやびな大輪の花を、チェルシーの隣人たちの幸福——どれほど喜ばしくとも、あまりに狭く限られ、生彩を欠いた隣人たちの夫婦生活の幸福——と取り替えたいなどと思いはしなかったろう。あるいはまた、●—34エルネスト・ルナンが姉のアンリエットを亡くした時——自分の姉を愛することもなかった人々は、その死に出合っても悲しむことは少ないが——そんな悲しみの不在より彼の悲しみは、魂にとって悪いとばかりはいえないのではなかろうか。哀れなのは、無限の海の岸辺で幾晩かの間すすり泣く人だろうか。それとも、小さな部屋の片隅でわけもなく一生の間、にやにやして死んでいく人だろうか。「幸せであれ、不幸せであれ」もしわれわれが一瞬でも己れを忘れ、偉人の悲しみに心から共感できるようになったら、それまでの狭く限られた幸福のためあいなさを恥じない者はいないだろう。

　幸福も不幸も、それが外からやってくる時でさえ、われわれ自身の中にしかないというのはおそらく嘘ではない。われわれの周囲のものは何もかも、こちらの心の持ち方で天使にもなれば悪魔にもなる。ジャンヌ・ダルクは聖者の声を聴き、マクベスは魔女の声を聴いた。だが、二人が耳にした声は常に同一だった。人は運命といえば嘆きたがるが、その本質はたぶんこれまで考えられてきたようなものではない。運命の持つ破壊力は、実はほかならぬわれわれ自身が与えるものなのだ。運命自体は正しいわけでも不正なわけでもない。判決などけっして下さない。われわれが神と考えている運命は、姿を変えた使者にすぎない。使者は人生のある定められた時期にやってきてこう告げるにすぎない。

「さあ、自らの手で己れを裁く時がきた」と。

## 46

たしかに、低い段階の人間は自らの手で自分を裁くことはない。したがって、偶然の力によって彼らが裁かれるのは、まさに彼らが自分を裁くことを拒むからなのだ。彼らは変わりようのない運命に支配されている。自らに裁きを下さない限り、運命は変わらないからだ。どのような出来事でも初めて遭遇すると、彼らは出来事を変えるどころか、自分自身の心の形を歪めてしまう。不幸を嘆く心は、たちまち不幸の形になって、最もみすぼらしく哀れな姿になり果てる。彼らに起きる出来事にはみな、運命の匂いが染みついている。ある者にとって、その「匂い」は彼の選ぶ職業であったり、またある者にとっては彼を迎え入れてくれる友情であったり、またある者にとっては彼が出会う恋人であったりする。そうした者たちにとっては偶然と運命は同じ意味を持つ二つの別の言葉なのだ。ただ偶然が好ましい運命であることはめったにないということだ。

われわれの内部で魂の力にみたされていないものはすべて、瞬く間に敵に占拠されてしまう。心や知性の中にある魂が住まない空地はみな運命の手に落ちてしまう。シェイクスピアのオフィーリアとゲーテのマルガレーテは運命のなすがままになっている。あまりにか弱く受け身であるために、彼女らには人々の身振りはみな運命そのものの作用としか見えないからだ。もしマルガレーテとオフィーリアにわずかでもソフォクレスのアンティゴネを奮い立たせた勇気があったら、自分たちの運命ばかりでなく、ハムレットやファウストの運命までも変えていたのではなかろうか。また、たとえオセローがデズデモーナではなく、[35]コルネイユのポーリーヌを娶り、逆にデズデモーナがポーリーヌの立場に立ったとしても、デズデモーナの運命が健気な力を得、ポーリーヌと同じ屈託のない愛を一瞬でも抱くことなどあり得ないだろう。

暗い「運命」が身を隠していたのは彼女らの肉体の中だろうか。魂の中だろうか。たしかに多くの場合、体力を高めて運命を克服することには限界があろう。しかし、これは魂についてもいえるのだろうか。ここで一つ用心しなければならないことがある。それは、大部分の人々にとって運命は唯一絶対のものだということだ。そして、そのたった一つの運命は彼らに次のように告げるのだ。「今日からはお前の魂など、もはや役にも立たぬし、偉大になることもないのだ」と。だが、こんなことをいう権利のある運命などありはしないのだ。

47

しかしながら善が報われないこともよくあることだし、魂の力がかえって不幸をつのらせてしまう場合も少なくない。愛が深ければ深いほど、高貴な悲しみも深いのだ。だが、叡知ある者はこの美しい悲しみの領土をさらに拡大しようとする。覚えておいてほしいが、運命は暗黒の世界からまったく出てこないわけではないのだ。時には光の中に凍った巨大な手を入れて、より純粋で汚れないいけにえをつかまなければならない。さきほど私はアンティゴネという悲劇的な名を出してしまったが、読者はこういわれるかもしれない。「彼女こそ魂に力があったにもかかわらず、運命のいけにえになった探しても見つかりはしないといっていた人ではないのか……」と。

たしかにその通りだ。アンティゴネは冷酷な運命のえじきになった。彼女の魂はほかの女性の魂の三倍も強靱だったからだ。アンティゴネは非業の最期を遂げた。なぜなら、彼女は運命の手によって、自らの死と、兄に対する妹としてなすべき義務のどちらが大切かを決定せざるを得ない状況へと追いやられたからだ。

彼女は、突如、死と愛のはざまに捕えられる。そして、その愛は最も純粋で無私の愛だった。彼女の愛の対象は、もはやこの世にいない兄の亡骸に対するものだったからだ。なぜ運命はあのように見えない所で死と義務が禍々《まがまが》しく交差する、逃げ場のない隅へと彼女を追い詰めることができたのだろう。それは単に彼女の魂がほかの者たちより高貴だったがために、そのありかを示されても哀れな妹イスメネなどには見えない、義務という容易には飛び越え難い壁が見えたからにほかならない。

姉妹が二人きりで宮殿の入口にいる。その同じ時に同じ声が二人のそばで語りかける。アンティゴネには高い世界の声しか聞こえない。だから彼女は死を選ぶ。イスメネは低い世界の声のほかに声などあろうとは思ってもいない。だから彼女は死を選ばない。では、アンティゴネの魂にオフィーリアやマルガレーテの魂の無力さをわずかでも加えたらどうなるだろう。魂が無力になったオイディプスの娘が、クレオンの宮殿の玄関の間から姿を現した瞬間に、運命は即座にこう判断するだろう。「この女を高貴な死へ導くことはできないだろう」と。したがって、運命が彼女の魂を支配できたのは、彼女の魂が強靭であったからという唯一の理由によるのだ。

実際、これは正しい者、偉大な者、叡知ある者の慰めである。運命は彼らに善を行なわせる。その一事によって彼らを支配する。ほかの者たちは街にたとえるなら、入口の門が百あってもみな開いているため、運命の軍勢が奥まで入っていける街だ。しかし正しい者は、たとえば堅固に閉ざされた光への門がたった一つしかない街だ。運命は愛を差し向け、この門を叩かせない限り中へは入れない。

ほかの者たちは運命に牛耳られ、運命の思うままに行為するしかない。そして勝手に振る舞える時は、運命は悪ばかりなすものだ。しかし、もし正しい者を支配しようと思えば、運命もまた善をなさなければならない。もう闇によっては攻撃できないのだ。正しい者は己れの光に守られている。それより強い光でなければ彼を屈服させることはできない。だから運命は、いけにえより美しくなければならない。

運命は普通の人間に対しては、個人の苦しみと他者の不幸の二方で支配すればよいが、偉大な者や叡知ある者の場合、選択の余地は、個の苦悩か他の幸福かのどちらか一方しかない。運命は前者、すなわち普通の人間をあらゆる醜いもので攻撃するが、後者を攻撃する手段は、この世で最も美しいものしかない。前者に対しては運命の手中には、あらゆる種類の武器がある。道ばたの小石すら武器になる。しかし後者を倒す武器はたった一本、彼らが太刀打ちできない剣、自己犠牲と義務という熱い剣があるだけだ。アンティゴネの話は、叡知ある者を支配する運命の力について完璧に解き明かしている。人類のために死んだイエス、深淵に身を投じたクルティウス[36]、真実を語らずにいることを拒んだソクラテス、病人の枕辺で息絶えた慈悲深い尼僧、行き倒れを助けようとして共に死んだ通りすがりの貧者、彼らはみなそうせざるを得なかったのである。そしてみな、心にアンティゴネと同じ高貴な傷を負った。明らかに、光の中に生きていても多くの禍は——たとえ名誉あるものにせよ——なくなりはしないのだ。だから自己犠牲を恐れる者たちにとって、叡知あることは危険なのだ。もっとも、そのような者たちは、日頃、高潔であるべき時でも、それほど叡知などありはしないだろうが……。

48

「運命」といえば、誰しも何か暗く醜悪で、死と関わるものを思い描くだろう。実際、人は運命とは死へ至る道のことだと考えている。たいていは、それはまだこぬ死の呼称にほかならない。それは将来予測される死であり、生の上に落ちる死の影である。たとえば道の角で旅人を待ち受ける死のことを思い浮かべて、われわれはいう。「誰ひとり己れの運命から逃れられない」と。しかし、もし旅人が幸福に巡り合うなら、われわれはもう運命のことは口にしない。あるいは、それはもう運命という同じ神ではないという。

けれども生きていれば、不幸より大きな幸福に、死より意味ある幸福に運命的に出合うこともあろうし、目に見えない幸福に出合うことだってあるだろう。それに本来、幸福は不幸ほど目立たないのではあるまいか。幸福は高いものになるにつれ、それだけ見えないものになるのではなかろうか。だが、われわれはそのことを考えてもみない。

もし悲惨な出来事なら、村中が、町中が駆けつけてくるだろうが、束の間の口づけや、ささやかな美、心の暗がりを照らす愛の光だったら、誰も見向きもしない。それでも傷口からは痛みが生まれるように、口づけからはよろこびが生まれるのだ。運命と幸福を切り離してしまうのは間違っている。人はふつう、仮に運命と死を同一視しなかったとしても、結局は死より禍々しい不幸と結びつけているのだ。

49

私がオイディプスやジャンヌ・ダルクやアガメムノンの運命を語れば、人は三人の日常の人生に目を向けず、ただ死へ至る彼らの最後の小道にしか注目しないだろう。そしてこんな風に考える。「死は悲しいことだ。だから彼らの運命は不幸だったのだ」と。

しかし忘れてはならないが、生きている者には誰にでも死は悲しいのだ。悲しいのは事実だが、人はそのような死の視点からのみ運命を、人生全体を判断してしまう。すべてが死に収斂されてしまうように思えるのだ。たとえ幸福に三十年生きたとしても、何かの事故で思わぬ死を遂げるなら、その三十年は、たった一時間の苦しみの闇にのみ込まれてしまうように思えるのだ。

50

運命をこのように死と不幸とに結びつけるのは間違いだ。いったい、いつになったらわれわれは、

「運命の観点から見たら生や幸福は、死や不幸ほど重大な意味はない」などという固定観念から解放されるのだろう。運命を考える時、人はなぜ「ほほえみ」の光を通してではなく、「涙」のすりガラスを通してばかり見るのだろう。そこでは生の立場から死を見てはならないのか。もっぱら死の立場からだけ生を見なければならないのか。しかし、いったい誰がそんなことをいったのか。

われわれはふつう、ソクラテスやダンカン[37]やアンティゴネやジャンヌ・ダルクといった多くの正しい者たちの運命を哀れむ。最期が予期せぬ悲惨なものだったからだ。そして叡知も善も不幸に太刀打ちできないと考える。だが、そこには納得できない点が二つある。まず第一に、叡知や善にそれ以外のものを求めるなら、賢くも正しくもない。次に、なぜ死の一点に人生全体を収斂させてしまえるのだろう。最期が不幸だったから、アンティゴネとソクラテスの叡知や善は、彼らを不幸にしたなどといえるだろうか。人生の中で死は生より長期にわたるものだろうか。そうではないのに、賢者の運命を考える時、人はその生を無視する。人を幸福にしたり不幸にしたりするのは、誕生と死の間でわれわれがなす行為なのだ。人の幸不幸や真の運命は死の中にあるのではなく、死に先行する長い生の歳月の中にこそあるのだ。

われわれは史実から賢者の無惨な死を知り、彼が己れの叡知ゆえに招く苦しみの最期を予期して人生を送っていたかのように想像する。だが実際は、賢者は悪人ほど死の観念に怯えたりはしない。ソクラテスは、一切が不幸な結末を迎えるのではないかとマクベスのように怯える必要などない。

たとえそのような結末になろうと、それは予期せぬことであり、己れの生をコーダの領主（マクベス）のように死のために費やしたわけではない。しかし、たいていの場合は、たとえば数時間出血が続いたとすれば、その傷のためにそれまでの長い幸せな月日がすべて無に帰してしまうように思えるのである。

51

「運命は正しいものであり、善人によく報い、悪人は罰する」などというつもりはない。よい報いを得たとしても、「私は善だ」と胸を張っていばれる魂があるだろうか。そればかりか、運命の善し悪しを、幸不幸を考える場合、われわれの判断など、運命のそれに比べたら正しさを欠くこと、この上ない。誰しも不幸がどんなものかよく知っている。だから賢者の不幸ばかりが見えて、その幸福は見えない。賢者や正しい者の運命を吟味して彼らの幸福を知るには、賢者と同じ叡知が、正しい者と同じ正義がこちらにも必要だ。

魂の低い者が、偉大な賢者の高い幸福を計り知ろうとすれば、それは指の間を水のようにこぼれてしまう。しかし、計り知ろうとするのが同じ叡知ある者なら、こぼれることなく黄金のように手中で輝くだろう。人は自分で理解できる幸福しか得られない。賢者の不幸は普通の人の不幸とたいして変わらぬことも多いが、彼らの幸福は叡知なき者が幸福と呼ぶものとは、まるで異なっている。幸福には不幸よりはるかに広大な未知なる領域がある。不幸の声は常に変わらぬ嘆声だが、幸福はより高くなるにつれ、その声は澄み切って沈黙に近づく。

われわれは天秤皿の一方に不幸を載せ、他方に各々が思い描く幸福を置く。未開人は幸福の皿に酒や白粉や羽飾りを置く。文明人は多少の金貨と適度な気晴らしを置く。しかし、叡知ある者は見えざる多くのものを置く。たとえば、魂を。たとえば、浄められた不幸をさえ。

52

幸福ほど正しいものはなく、これほど魂のありさまを忠実に映し出すものもない。また、これほど叡知の土地の拡大に応じて、それだけ多くの収穫をもたらすものもない。しかしまた、幸福ほど口数の少ないものもない。不幸の天使はこの世のあらゆる言語に通じ、知らない言葉など一つもないが、幸福の天使は、未開人にも理解できる幸福の言葉以外に語る言葉を知らない。不幸は大昔に無垢な幼年時代をなくしてしまったが、幸福はまだ幼い頃の産着を着てまどろんでいるかのようだ。

数えるほどだが、幸福になる術を知っている人々はいる。なのになぜ、魂に光を注ぐものいわぬ大天使に代わって、その歓喜を語ろうとする者がいないのだろう。なぜゆえもなく黙るのだろう。

幸福について語ることは、幾らかでもそれを教えることにならないだろうか。その名を毎日口に出すことは、それを呼び寄せることにならないか。そして、幸福な人々のいちばん美しい義務は、ほかの人々に幸福になる術を教えることではないのか。誰もが幸福になれるにちがいない。幸福ほどたやすく伝授できるものはないのだから。

もし自らの人生に感謝して生きている人々と共に生きるなら、やがて同じように自分の人生に感謝して生きられるようになるだろう。人は周囲のほほえみや涙に染まるものだ。一般に幸福な時代といわれるのは、たいていは、幸福だと思う人々が幾らかでもいた時代である。多くの場合、われわれに欠けているのは幸福ではなく、幸福になる知恵なのだ。どれほど幸福であろうと、幸福であるという自覚がないなら価値はない。どんなに小さな幸福も魂が自覚するなら、どれほど大きくても魂が気づかない幸福より、われわれのよろこびには重い価値がある。幸福は自分に今あるものとは別のものだと思っている人々がおおぜいいる。だから、ほんとうに幸福な人々が教えてやらなければならない。「自分たちにしたって、この世のすべての人の心にあるものしか、持っていないのだ」と。

幸せだということは、幸福へのあれこれの不安を超えて、その呪縛から解放されることにほかならない。きらびやかで、人もうらやむほどすばらしい幸福に恵まれた人も、だから進み出て、時には率直にこういうべきなのだ。

「私は人間の欲望が求めるものはすべて手に入れた。私には富と健康と若さと名声と力と愛のすべてがある。今、私は自分が幸せだといえる。だが、幸運ゆえに授けられたこうしたもののために幸せなのではない。そうではなく、そうしたものを授かったおかげで、それより高い所を見られるようになったからなのだ。もし私が、豪華ですばらしい旅や数々の世間的成功や自身の恋や権勢の中に、探し続けていたやすらぎやよろこびを見出すとするなら、それは真実のやすらぎやよろこびが、そうしたものの中にはないということを、それらが私に教えてくれるからなのだ。やすらぎやよろこびは世間的な成功のどれよりも以前に私自身の中にしかない。しかしたいていは、後でそのことに気づくのが常である。私には今よくわかる。もう少し叡知があったら、たとえこのような世間的な多くの幸福に恵まれていなかったとしても、今の心の満足を得られていただろうと。同時にまた、魂を解き放ち、欲念を鎮め、心を光でみたすには、もうこんな世間的幸福は必要ないとやっとわかったのだから、昨日の私より今日の私の方が幸せなのだと」

53

賢者はこのような並みはずれた世間的幸福に恵まれなくとも真の幸福を知っている。正しい者は賢者ほど叡知もなく、意識段階も彼らほど高くないにせよ、それでもやはりこれを知っている。注目していいことだが、正しい行為や善なる行為は、思考が――たとえそれが深かろうと――思考がもたらす意識より、往々にして魂にとって生気ある、優しく献身的な、ある種の高い全体意識を生み出すからなのだ。とりわけ何か名状し難い特別な幸福感を。

何をどう考えようと、どれほど優れた思考であっても、思考とは不確かで、移ろいやすいものである。けれども慈悲深い行為の光は恒久的で、変わることがない。知的に優れた思考も、高い意識から見たら欺瞞であることがよくある。だが、慈悲の行為や崇高な義務の遂行は高い意識と一体である。いい換えれば、それは行為における幸福感だ。赦し難い侮辱を赦したマルクス・アウレリウス、自らの名誉が国民を過ちに導きかけた時、地位を退いたワシントン。この二人と、卑劣で執念深い者とを比べたら、たとえその人間が――あくまで仮定の話だが――偶然、重力の偉大な法則を発見したとしても、彼らと同じようには幸福ではなかろう。

単なる知性の満足から、心のよろこびに至るまでには、厳しい冬をも恐れない花々に飾られた長い道のりがある。幸福とは、知性の土壌ではなく、善の土壌で育つ花だ。人間の高い意識は、中でも幸福感は、自分のいちばん大切な財宝を知性の中に隠したりはしない。それどころか、知性の最も高潔で優しい側面も、善なる行為をへない限り、高い意識へと昇華できないように思える。理念の世界におけようが現実の世界におけようが、新たな真理を発見するだけでは十分ではない。真理は魂の一部になるまで高められ、浄められ、重力から解放されて初めて人間にとっていのちあるものになる。真に高い意識を形成する活動の本質は、倫理的な向上の部分にある。高度に知的であっても、その知性を用いて倫理的な過誤を追い詰めようとも、慈悲の感情を育もうともしない人々がいる。たとえば、これは多く、女性たちに当てはまるだろう。同じ知的能力ある男女がいるとすれば、倫理的に自己を認識するためにそれを用いる割合は、男性に比べ常に女性の方が少ない。

ところで、高い意識に向かわない知性は空回りするばかりだ。心の最も清い感情に素直に受け容れられない知は、おそらく堕落し、破滅に至るだろう。いずれにせよ、そのような知性は幸福とは無縁である。それどころか、たやすく不幸と結びつく。高く、力ある知を身につけることはできるだろうが、人はそれによって幸福にはけっしてなれない。逆に魂に愛がなく、それが無垢でも善良でもないなら、人は必ず不幸になる。

たしかに知性と高い意識の境界は、ここで述べられているようには、必ずしも明確に分けられるわけではないし、また優れた思考は善なる行ないに匹敵することも多い。しかし、それでも善なる行為から生まれないような、あるいは善なる行為を生み出さないような知性が、たとえそれが優れていても、人間の幸福のためになることは少ない。それに反して善なる行為は、たとえ思考を生み出さなくても、慈雨のごとく常にわれわれの幸福の感情にいのちの水を注ぎかけてくれる。

「幸福と訣別したにちがいない」とルナンはマルクス・アウレリウスの「放棄」にふれながらいっている。「あれほどの高みに至るには、幸福と訣別したにちがいない。あの悲しげで愁いにみちた心が耐えた試練も、蒼白く常に静けさが漂い、どこかほほえみを湛えている表情の背後に隠された苦渋も、普通の人間にはけっして理解できないだろう。だが実は、幸福への訣別が叡知の始まりであり、同時にいま一つの幸福を見つけ出す最も確かな方法なのである。放棄の後にやってくるよろこびほど甘美なものはなく、幸福を放棄した幸福ほどいのちにみち、喜悦にあふれ、しかも深く計り知れないものはない」

このように賢者はいま一人の賢者の幸福を描いている。しかし、ルナンのいう幸福やマルクス・アウレリウスの説く幸福は、単純にその放棄の後に再び返ってくるよろこびの中にあるのだろうか。単純にその訣別の後にやってくる幸福の中にあるのだろうか。もしそれだけなら、叡知などなければ、それだけ元の幸福のままでいられるではないか。幸福からの訣別を公言するこの叡知が求めていたものは、真実ではなかったのか。真実を求める心の内に、それ自体への愛を捨て去らせる真実など、いったいあるだろうか。

それがもし、人間のさがは醜く悪意にみち、正義も空しく愛も無益だと告げるだけで、次のことを伝えないような真実なら——すなわち、訪れと共に、どこにでもある束の間の幸福などかすんでしまうほどまばゆく、尽きない永遠の光輝で、どんな幻想も一掃して、なおあまりある己れの真なる光のことを伝えないなら——その真実はわれわれに何一つ教えないに等しい。

真実への道は限りない。だから叡知は、最初にやってくる虚勢との分かれ道で、幸福からの訣別だの、その放棄だのとしたり顔で、みすぼらしい虚勢のテントを張って、いつまでも威張っていてはならない。何ものもわれわれを満足させられないのだといって満足することの中には、哀れで、しかも驚くほどの虚勢がある。この種の満足は、もはや自分で立ち上がる力もない不満にほかならない。不満ということは、実はそれ以上理解しようとしないことなのだ。

幸福を放棄せねばならぬと思い込んでいる間は、放棄されるのは、実はまだ幸福とはいえないものではないのか。虚勢ゆえの放棄によって、どんな幸福を捨て去れるというのか。たしかに他者に苦しみをもたらす幸福はみな捨て去るべきだろうが、そもそもそんな幸福に賢者はいつまでも固執したりはしない。では、叡知がいま一つの幸福を知ると、意図的に初めのものを放棄するのだろうか。

叡知や幸福といっても、それが別の何かを蔑むことで成り立つものなら常に用心すべきだ。蔑みといい、蔑みの醜い結果にほかならない放棄といい、それらはわれわれを精神の老いぼれ、魂の愚者にするだけだ。われわれには幸福を蔑む権利などない。唯一可能性があるとしても、それは蔑んでいるのかどうか、もうまったく無意識の場合だけである。しかし、蔑みや放棄が言葉となり、心の奥にとげのある思いを生み出す間は、「もはや望みもしない」などといっても、まだ幸福に未練があるのだ。

魂の中に美徳の寄生虫が忍び込まないように気をつけなくてはならない。放棄がこの寄生虫にすぎない場合が実に多い。たとえ心の力を奪って衰弱させなくても、それは不安を与える。よそ者が巣箱に紛れ込むと、蜜蜂はみな労働を中断するが、それと同様に蔑みや放棄の思いが魂に忍び込むと、魂の力も美徳もみな仕事をやめて、虚勢が招いたこの奇妙な客の周りに集まってしまう。というのも、放棄がまだ意識的なものである限り、その喜びは、たいていは虚勢からやってくるからである。ところで、それほどまで何かを放棄したいというなら、まず何よりもその虚勢の喜びを放棄するがよい。それは人を欺く空しいものにすぎないのだから。

55

要するに、勇気も生気もない「幸福を放棄した幸福」など、実は安易なものなのだ。とはいえ、昨日得た幸福を、ひょっとして明日にでも失うのではあるまいかと不安を抱き、それならいっそのこと今日のうちにそんなものを捨ててしまいたいと思い、幸福を放棄する人をどういったらいいのだろう。叡知の唯一の役目は、そのように不確かな未来の中に、やってくることもない苦しみの足音を聴き取ることだろうか。その場にみちあふれている幸福の羽ばたきに耳をふさぐことだろうか。

もうほかにどこにも幸福を見つけ出せない場合にだけ、放棄の中にそれを求めようではないか。幸福の不在の中に、真のよろこびをもって幸福を見つけ出せるようになれば、すぐにも賢者になれるだろう。だが賢者とは、そもそも不幸になりようがない人間のことなのだ。そして幸福のまま賢者であり続けることは、もっとすばらしいことだし、人間的なことでもあろう。叡知の最高の目標は唯一、人生の中に確かな幸福を見つけ出すことだ。しかし、幸福の放棄や訣別にこの確かな幸福を求めるとすれば、愚かにも死の中にそれを探しにいくようなものだ。死人のように、行為しなければ容易に自分が賢いと思えるかもしれない。だが、人間は行為せぬようにはできていない。叡知を、われわれの感情や情熱の、思考や欲望の良き妻として迎えるか、それとも愁いに沈んだ死のフィアンセとするか、どちらかを選ばなければならない。死の家には行為せぬ知があればよい。だが、竈《かまど》の煙の立ちのぼる生の家には叡知が必要だ。

56

われわれは身近な幸福を放棄することによって叡知を身につけるのではない。逆に叡知を身につけることによって、もはやこちらの高い要求に応じられなくなった幸福を自ずと放棄するだけだ。子どもは成長するにつれ、興味のなくなった遊びを自然にしなくなる。同時に、子どもは課される仕事によってよりも、遊びによって多くを学び取る。叡知にもこれと同じことがいえる。つまり、不幸であるより幸福である方が叡知はいっそう自由に振る舞える。不幸から得られた教訓は、モラルのうちのほんの一部しか教えてくれない。不幸であったがために叡知を身につけた人は、相手に愛されずに愛した人に似ている。つまり、相手に愛されなかった愛に欠如しているのと同種の欠如が、不幸から得られた叡知にもあるのだ。

「幸福といっても、そこに人がいうような楽しさなんて、ほんとうにあるのかね」と、長い間不当な扱いを受けて、いささか悲観的になっていたある哲学者が、いつか二人の幸福な魂の持ち主に尋ねたことがある。だが、彼の問いは間違っている。幸福はふつう思われている以上にすばらしいと同時に、うらやむに値しないものでもある。それはかつて幸福であったことのない者たちが考えているものとはまるで違う。楽しいことが幸福なのではない。幸福は楽しいこととは限らない。面白おかしいひと時の中には、笑っては消えていく束の間のはかない喜びがあるだけだが、ひとたびある高みに達すれば、幸福は永続的になり、悲しみは高貴になり、ともに厳粛な意味を担うようになるだろう。

賢者たちは教えた。人は、ふつういわれるような幸福な境遇になくても真の幸福を希求できると。だが、もし賢者が誰もが望むようなありふれた幸福を一度も味わったことがなかったら、ただ叡知ある者だけが、ありふれた幸福のさなかにあっても虚脱や悲哀を感じないでいられるのだと知り得たであろうか。幸福を知った思想家は、不幸な思想家よりずっと深く叡知を愛することができるようになる。不幸の中で得られる叡知と、幸福の中で得られる叡知との間には大きな違いがある。前者は幸福を語って慰めを与えるが、後者はもはや己れの叡知しか語らない。不幸から得られた叡知の果てには、まだみたされぬ幸福への希望が残るが、みたされた幸福から得られた叡知の果てには、もはや限りない叡知しかない。もし叡知の目的が真の幸福を見つけ出すことなら、まずふつうに幸福でなければならない。ふつうに幸福であって初めて、真の幸福は、結局は叡知そのものの中にあるのだとわかるようになる。

57

すべての魂が幸福の重みを担えるわけではない。不幸に対しては勇気がいる。幸福にも勇気がいる。たぶん不幸であり続けるより、幸福であり続けることの方がずっと忍耐力は必要だろう。叡知なき者にとっては、まだ所有していないものを心待ちにする方が、望むものすべてを完全に所有するより心地好いからだ。人間の欲念は不安と期待だけを日々の糧にしており、何も不自由がないのに今あるものではけっして満足できない。永続的な高みに立つと、このことが手に取るようによくわかるようになる。

地位も力も分別もあるのに、この永続的な幸福にまで考えの及ばない者たちが実に多い。生き方の中で常に率先してこの種の幸福を擁護し、考え続けなければならないのに、自分たちの探していたものをそこに何も見出せない彼らは、それを怠る。幸福もまた、悲しみを生むことがあると知っても、もはや驚かず、そのような悲しみの中にあっても自分はまだほんとうの幸福を手にしていない、などと思わないようになるには、どれほど叡知が必要だろう。請け合ってもいいが、幸福の中にある最もすばらしいものは、人を夢心地にする力ではなく、人に熟慮させる力である。幸福の恵みにふさわしい魂に授けられる唯一の恵みは、幸福でない限りは得られない意識の拡大である。このことがわかれば幸福はこれまで以上に身近になり、まれなものではなくなるだろう。

　幸福を満喫するより、その価値を知る方が魂には重要なのだ。幸福を愛し続けるには多くの叡知がいる。その穏やかな、変わることのないよろこびは、不幸のさなかにあっても、意識の最も深い部分では幸福でいられるあの魂の力の中に、ただその力の中にしかないとわかるには、さらに多くの叡知が必要だ。幸福ゆえに、幸福などもう見えないくらい（ただし、生への欲望を失うことなく）魂の高みに登ることができた時、初めて人は幸福だといえるだろう。

## 58

　無限なるもの、永遠なるもの、全宇宙的なものへの厳かな感情にみちあふれた深遠な思想家たちがいる。たとえばパスカル、エロー[38]、ショーペンハウエルのような。彼らは外面的には少しも幸福には見えない。ただ、もし人間の普遍的な苦悩の吐露が、常に個人的な絶望にほかならないと考えるなら、それは大きな誤りだ。本能的で利己的な、下らぬ思いが浄化された高い立場から見た「不幸」は、同じ高みから見た「幸福」と、根は異なっていても、差異はなくなってしまう。要するに、彼方の平原の果てに沸き立つ雲が、暗いか、美しいかは重要ではなく、旅人の心を癒すのは、彼が限りない空間を見晴らせる高みに到達したという事実の方だ。海が神秘的ですばらしく見えるには、いつも白い帆の船が帆走する静かな海でなくてもいい。凪いで美しい海も嵐の海も、共に魂の生の航行を妨げたりはしない。魂の生をだめにするのは唯一、情熱も厳粛さもない狭量でいじけた心の「狭い部屋」に終日閉じ籠もることだけだ。一歩外に出れば、空と海はあれほど光り輝いているではないか。

とはいえ、思想家と賢者には違いがある。思想家は登りつめた項でただ悲哀にみちた顔をするだけだが、賢者は同じ山頂で人間らしく、飾らず、自然にほほえむだろう。だから、いちばん低い所にいる貧者でさえ、彼のほほえみを、ふもとに舞い降りてくる一輪の花のように受け取り、愛し、理解する。思想家は「見えるものから見えないものへ」の道を開くが、賢者は、束の間の愛から永遠の愛への道を開いてくれる。はかない慰めから永遠の慰めへ通じる小道を示してくれる。人間や神や自然に関して、全体的で、一貫した流れのある大胆な発想を持つことは必要だが、それだけで十分なわけではない。人に勇気を与えられないなら、深遠な思想といっても価値はないのだ。それは思想家がまだ完全に己れの血や肉になし得ていない思想にすぎないのではないのか。つまり日々の生活に深く浸透できず、影響力を持ち得ない思想にすぎないのではないのか。

誰もがいつかは必ず悲しみを乗り越えていくだろう。が、即座に乗り越えようとするより、悲嘆に暮れて悲しみに閉じ籠もる方がたやすい。しかも、人が本来その中で生きるべき信頼や光に住むより、疑念や悲しみの闇の中にいる方が、いかにも深遠そうに見えるものだ。だがもし、いつまでも悲しみに浸り続け、生ある者なら誰も逃れられない悲しみの本質を、人々が理解できるように解き明かし、それを和らげる努力を怠るなら、すべての人々を代弁する者として最善を尽くしたことになるだろうか。ほかの人々の慰めとならないような思考が、至高の思考といえるだろうか。人は己れの不幸を嘆いてもけっして生を放棄しないのはなぜか。その深いほんとうのわけを率直に話さなければならない。これに比べたら、己れの悲しみのわけをあれこれ告白することなどつまらぬことだ。

どれほどの人々が、自分たちの数え切れない不幸の理由の多くを知らずにいることだろう。しかも、それを探究することもない。だから叡知ある者がその根源の理由を示さなければならない。不幸の理由もそれが根源のものになれば、容易に幸福のそれに変わるから。しかし偉大さと幸福の萌芽（実は人間の倫理生活の中には、偉大さと幸福が見分け難く混ざり合っている領域が広く見出される）がないものは、どれもみな取り上げる価値はない。

人を幸福にするには、自分が幸福でなければならない。自分が幸福であり続けるには、人を幸福にしなければならない。多くの仲間がほほえむことができるように、まずほほえみを浮かべようではないか。われわれのほほえみを見たら、彼らもまた今よりいっそう真実のほほえみを浮かべることができるだろう。「かつて一度も意図して人を悲しませたことのない私自身が悲しんではいけない」とマルクス・アウレリウスは、彼の書物の最も美しい箇所の一つで述べている。とはいえ、共に幸福になれないなら、自身に悲しみをもたらすばかりでなく、人々にも悲しみを与えることにならないだろうか。

59

ささやかな思いは、よろこびのまなざしや、日々の善なる行為や、穏やかでつつましい幸福の瞬間を生み出し、人を美しく揺るぎない永遠なるものへと至らせる。この思いをもっと大切にしなければならない。偉大な闇の瞑想は、人間を取り巻く死や運命や無慈悲な力について思い巡らし、苦悩や愛や絶望に至る。だが、このような瞑想よりも、ささやかな思いにこそ生の神秘は多く隠されている。見かけにだまされてはならない。強大な力を前にして、それを呪いもしなければ、その恐怖をあれこれ詮索しようともせず、静かに見つめ、穏やかな気持ちで受け容れ、問いかけるアントニヌス・ピウスより、深淵の縁で嘆くハムレットの方が、われわれにはどこか奥深く魅力的に映ってしまう。なぜかといえば、人が夜の訪れと共になそうとすることは、それがどんなにささいでも、明るいうちになすことより、どこか厳かに見えてしまうからだ。しかし、人間は生まれつき闇の中ではなく、光の中で働くようにできている。

## 60

さらに、ささやかな思いには、大きな悲嘆にも、美しい憂愁にも見られない力がある。偉大で深遠な悲しみの思索は、闇の中で自らの翼を焼き尽くして己れの牢獄の壁を照らし出す力はあるだろう。他方、不可避な運命に身をゆだね、それを受け容れるささやかな屈託のない思いは、どれほど内気で目立たないものであろうと、それ自体、高い世界への羽ばたきの支点を得ようとする行為なのだ。「個を超えた大きな思索も大切だが、現実は個々の行為からしか始まらない」という認識を持つことは、時には間違ってはいない。

厳密にいえば、運命を形成しているものは、われわれのさまざまな思いが織りなすものといっていい。つまり、多くの未完であいまいな、まだ形をなしてない思いのひしめく中からしだいに形をなし、身振りや感情や習慣になる力を得たもの、あるいは、そうならずにはいられなくなったものである。だからといって、それ以外の思いは無視してもいいということにはけっしてならない。日常生活におけるわれわれの思いは、いわば街を包囲する軍隊のようなものだ。おそらく大部分の兵士は、街の攻撃に際して、城壁を越えて中には入れないだろう。とりわけ、補助兵や野蛮な者たち、つまり統制されていない兵たちは、ことごとく排除されるだろう。彼らはすぐにも略奪や火の手や流血の興奮に我を忘れてしまうからだ。兵士の三分の二はたぶん最後の戦いに加わることはないだろう。

だが、無駄な兵力もなくてはならないのだ。もし街の外の平原にそのような兵士が無数にうごめいておらず、ただ城壁の下に精鋭たちだけしかいないなら、明らかに街は恐怖しないだろうし、陥落もしないだろう。このことは、そのままわれわれの倫理生活、つまり思いのメカニズムにも当てはまる。実際に形をとって現れなかった思いは、まったく無駄になったわけではない。それらは「選ばれた思い」を背後で支え、後押ししたのだ。ただし、己れの使命を最後までなし遂げるのは、この「選ばれた思い」だけである。だから、混乱した悲しみの思いという数知れぬ兵士たちの先頭に常に秩序ある兵士を、信頼でき、人間らしく、純真で、人生に勇気をもって立ち向かうことのできる思いの精鋭たちを配置しておこう。

61

物の世界と関わりのない清らかな心で現実の世界を超えて高まりたいと願っても、願うだけでは空しい。千の願いも一つの行為には勝てない。願いがそれ自体無価値だというのではなく、どんなに取るに足らなくても、善や勇気や正義の行為は、千の善なる願いよりも値打ちがあるということだ。

手相見は「人生は手に刻み込まれている」という。彼らが人生と呼ぶものは、過去のことであれ未来のことであれ、消し去れない印を手に刻み込む何本かの線という「行為」にほかならない。思いや願いは、いってみればそのような「行為」として現れない。何日も殺意や裏切りの気持ちを持ち続けようと、偉大な行為や犠牲的な行為を思い描き続けようと、それが手に刻まれることはないだろう。しかし、過去においてどこかの曲がり角でこちらの身に危害を加えそうに思えた者を、たまたま過って殺してしまったら、あるいは、未来のある日、火事場の火の中から赤ん坊を救い出す運命にあるなら、私の手には生涯、殺人の、もしくは犠牲的愛の疑いようのない印が刻印されるだろう。

手相見が見誤るか見誤らぬかは問題ではなく、重要なのは行為と願いの本質的な違いであり、そこには倫理生活の大きな真理が隠されている。願うだけなら、私は死ぬまで魂界の同じレベルにとどまっていなければならない。ところが行為するなら、それによって私は魂のヒエラルキーを必ず上昇するか下降するかのどちらかだろう。願いとは、孤立した、さまようはかない力なのだ。それは今日現れたかと思うと、明日にはもう姿を消している。一方行為は、願いや観念という常備軍を常に背後に擁しながら、同時にたゆまぬ努力の末に最後には現実の中に己れの拠点を勝ち取るものだ。

## 62

だが、われわれは高貴なアンティゴネ、つまり報われることのない善の永遠の問題から遠く離れてしまった。たしかに運命とは、言葉の通常の意味からすれば、死への道を示すだけなのだから、それが善を重んじたりすることはないだろう。各々の過去の倫理的な態度を最終的に浄化したり、泥を浴びせたりする巨大な器のような運命の淵に臨む時、人は「予期せぬこと」を運命として受け容れ是とするか、それを拒み非とするか、どちらかの選択を迫られる。崇高な義務からくる自己犠牲の大部分は、アンティゴネに代表される運命をたどるだろう。英雄的な行為が断罪される身近な例は誰もが知っている通りだ。

ところで、永遠の床につくためにこの世の床を去る定めにあった友人が、臨終の迫ったある日、運命が毒の水で彼のいのちを奪うために、いわば「未知の街」に導いてきた道程の「すべての曲がり角」を一つ一つ私に教えてくれた。こうして彼の人生をたどり直すと、もうそこには運命が織りなす無数の糸しか見出せなかった。ほんのささいな出来事にさえ、運命の予兆と悪意がはっきりと感じ取れた。そして彼が他界したのは、賢者や偉人や聖者なら日常の意識の次元で十分悟り、履行できる義務の一つを果たすためだけだったのである。これをどう説明したらよいだろう。この点については今はふれずにおく。後でまた取り上げることにしよう。この友人がたとえ生き永らえていたとしても、自分が義務の求めに応じているのかどうか自問することもなく、翌日にはまた別の義務の待ちうける別の街に出発していただろう。こうしてただ自らの潜在的本能にだけ従って生きている人々がほとんどだろう。彼らは運命の不正や美徳の報われなさなどには思い及ばない。ただ人間の不正ばかりに気を取られている。それ以外の不正など、今でも自分たちとは関わりがないと思っているだろう。

人が自身の義務を果たすのは無意識にそれを行なう時だけなのだろうか。ほんとうにそうだろうか。われわれが向上し、その結果としてそうした義務がわれわれの最も崇高な感情によって選び取られるのではなく、人間の本性の、ものいわぬ必然であるように思えなければならぬのだろうか。

63

だが耐えて待ち、自問し、さまざまな判断と検討を重ね、最後に自ら決定する者たちもいる。彼らもまた正しいのである。義務の遂行が無意識の衝動によろうと、知性によろうとかまわない。無意識の善なる衝動から生まれる行為には、子どもの行為と同様、ふつう何か人目につかない、無垢で思いがけない美がある。それがいっそう人の心を引きつける。しかし熟慮の末の善行には、それより堅固で確とした美があるのではなかろうか。無垢なまでに美しい善に恵まれている心を持つ者など、そう多くいるわけではない。だから、そのような者にわれわれの義務の規範を求めてはならない。それに熟慮の末の善意には、束の間の、人目を引く華やかさはないが、無意識の思いが見過ごしてしまう多くの地味でつつましい義務に気づくことができるのである。人間の倫理的な価値は自ら発見し、自覚して果たそうとする義務の多寡によって決まるのではないだろうか。

とはいえ、われわれの大部分があれこれ考えずに無意識の行動を取るのはよいことなのだ。(なぜなら、意識的な行為が無意識の行動と見分けがつかなくなるまでには、忍耐強い、長い自問の時が必要だから)。とりあえず、多くの者たちが義務を果たすために無意識的に自己犠牲へ至るのはよいことなのだ。彼らは、こうしていわば目を閉じて、明かりの代わりに彼らの先祖の見えざる手に導かれているのである。それでもこれが人間の理想の姿ではない。たとえどんなにささいなものであろうと、仲間のために抛《なげう》つものが何か、またなぜそうするのかをはっきり自覚して行なう者は、倫理生活において、その背後にある理由を知らずに自らのいのちまで捧げてしまう者よりずっと高い段階にある。

64

世の中には、最高の義務は自己犠牲しかないと思っている、気高いが精神的には強靱とはいえない者たちが多くいる。世の中には、何が最善かを知らずに、自らのいのちを捧げようとする「立派な」魂が多くある。そして、そのような犠牲が最高の美徳であると信じられている。だが、そうではあるまい。最高の美徳とは、何が最善かを知る判断力のことであり、また己れのいのちを捧げるにせよ、何に捧げるかを決める決断力のことだ。各人が自分の義務だと信じ込んでいるものは、かりそめのものにすぎない。われわれの第一の義務は、義務の観念を明らかにすることだ。

一般に「義務」という言葉に付きまとうのは、美徳ではなく、謬見や倫理観の欠如だ。妻クリュタイムネストラは娘イフィゲネイアを人身御供にした夫アガメムノンへの復讐に一生を捧げ、息子オレステスは父アガメムノンを殺した母クリュタイムネストラへの復讐に一生を捧げる。しかし、賢者がやってきて「汝の敵を赦せ」と告げたなら、復讐に対する一切の義務は、人々の意識から消えるだろう。さらにまた、もう一人賢者がやってくれば、おそらく自己犠牲の義務など大部分、存在の意義を失うだろう。ともかく放棄や、あきらめや、自己犠牲などから生じるある種の腐敗した考えは、悪徳や犯罪以上に人間の倫理的な健全な力を深く根底から奪い去ってしまうものなのだ。

65

たしかに直面した事柄が高潔なもので、自己犠牲が避け難いなら、その放棄は好ましく、必要でもあろう。しかし、まだ闘いが少しでも可能な状況における放棄は無知、無能、もしくは精神の怠惰さの隠れ蓑以外の何ものでもない。自己犠牲もこれと同じだ。それは、多くの場合、虚しく空をつかもうとする放棄のひ弱な片腕にすぎない。われわれに犠牲の機会が与えられ、その犠牲によっておおぜいの人間が真に幸福になれるなら、己れを捧げ尽くすのは美しい。しかし自己犠牲自体が目的でいのちを捧げ、それを肉体に対する精神の賞讃すべき勝利だなどと思うのは、無益でばかげた話だ。(ついでにいっておけば、肉体に対する精神の勝利なるものを世間はあまりに重視しすぎている。そのような世でいう勝利とは、実はたいていは人生における完全な敗北にすぎないことが多いのだ)

自己犠牲は、美徳が旅の道すがら摘み取る一輪の花ではあるが、旅の目的は花を摘むことではない。魂の美が犠牲への渇望にあると思っているなら、たいへんな間違いだ。魂の持つ認識、その生の高揚や力強さにこそ、魂の創造的な美はある。多くの魂が自己犠牲においてしか己れの生を実感できないというのは事実だが、しかし、そうした魂はそれ以外の倫理生活を探究する勇気も強さも持ち合わせていないというのもまた事実である。人並みの倫理生活を送りたいと望み始めたばかりの者たちにとっては、道徳的な運命を全うし、自然の摂理が定めた務めを最後までなし遂げるより、自己犠牲、つまり自らの倫理生活の放棄の方がふつうたやすい。他者のために生きられるようになるより、他者のために道徳的に、あるいは肉体的にさえ、死ぬ方がそういう者たちにはたやすいのだ。こうして常に自己を犠牲に捧げようという思いに駆られて、自発性も自らの生活もことごとく麻痺させてしまう人々があまりに多い。犠牲の観念を超えていけず、自分のものを常に他に捧げる機会を求めているのだから自己に対する義務は果たしている、などと思い込むような認識は、見えるのに目を閉じた認識であり、山に登らずにふもとでうたた寝をしている認識にすぎない。

自らを捧げることは、たしかにすばらしいことである。己れを捧げてこそ、多少とも真実の自己を得られるようになる。だが、仲間に捧げるものが己れを捧げたいという願望だけなら、何も捧げようとしないに等しい。だから捧げる前に、得る努力をしなくてはならない。捧げることで、得る義務を免れるなどと思ってはならない。得ることに日々励みながら、われわれは犠牲の時を待つべきなのだ。ともかく、その鐘は最後には間違いなく鳴る。だから、人生の大時計の文字盤に、四六時中犠牲の時ばかりを求めて自らの貴重な時まで失ってはならない。

## 66

自己犠牲といってもさまざまだ。ここでいっている自己犠牲は、アンティゴネのような魂の強者のものではない。つまり、己れの幸福を捨て去れば明らかに他者が幸福になることができると知り、それを運命として選ばずにはいられなくなった時、勇気をもって己れを放棄できる者たちの自己犠牲ではない。そうではなく、今私がいっているのは魂の弱者のそれ、つまり己れの無力さから一歩も出ずに、未熟にもそれで満足している自己犠牲、物事を見る力もない子守のように、放棄と理由のない苦しみの、痩せて骨ばかりの両腕で揺すりなだめて満足する自己犠牲のことだ。これに関して現代の優れた思想家の一人、ジョン・ラスキン[39]のいっていることに耳を傾けよう。

「神の意思は、われわれが他者の生や幸福を通して生きることであり、彼らの死や不幸を通してではない。子は親のために死ななければならぬこともあろうが、しかし天の望むところは親のために子を生かすことである。子の犠牲的な死によってではなく、その生のゆたかさ、よろこび、強さによってこそ、親にとって子は新しいいのちの泉になるだろうし、巨人の手中の矢にもなろう。これは親子にとどまらず、ほかの偽りなき人間関係のすべてに当てはまる。人は悲しみを通してではなく、よろこびを通して助け合うのだ。神は人を互いに殺し合うためではなく、互いに励まし合うために創造された。
本来は美しいのに、方向を誤ると不幸になってしまうものが多くある。それらの中で、あまりに優しすぎる無自覚な犠牲的な魂は運命的なものといわざるを得ない。ただ、苦しみにはそれ自体美徳があると教えられてきた魂があり、そのような魂は、苦痛と悲嘆を避け得ぬものの一部であるかのように受け容れる。自分たちの苦しみは、自分たちにとって以上に相手にとっても大きな打撃になるのだから、それはやはり悲しむべきことなのだとも知らずに……」

67

「汝自身のように隣人を愛せ」という言葉があるが、もし自己に対する愛が狭量で、幼く、確たるものがないなら、隣人への愛も同様のものになるだろう。だから、己れ自身をまずおおらかで、健全で、賢く、完璧に愛することができなければならない。これは思うほどたやすくはない。明敏で強い魂の自己愛は、ものの見えない弱い魂の献身よりはるかに他者に対して実効ある慈愛にみちている。他者のために生きる以前に、己れ自身に生きる力がなければならない。自己を捧げる以前に、まず自己を持たなければならない。たとえわずかでも自己意識の獲得は、無意識を全部捧げるより千倍も大切なのだと心すべきだ。

世の偉大なことのすべては、無駄に自己を犠牲にしようなどとはけっして思わなかった人々によってなされたのである。プラトンは、アテネの悲しむ人々に同情の涙を流して自らの思考を溶かしてしまうようなことはなかった。ニュートンは、憐憫や悲しみを探究するために己れの理論を放棄してしまうようなことはなかった。そして、とりわけマルクス・アウレリウス（というのも彼にあっては最も頻繁で危険な倫理上の自己犠牲が扱われるからだが）は、妻のファウスティーナのずっと劣った魂に取り入るために自身の気高い魂の光を消してしまうようなことはなかった。

ところでプラトンやニュートンやマルクス・アウレリウスの生において正しかったことは、すべての魂にとっても正しい。どんな魂も、魂という次元においては偉人と同じ義務を自らに対して持っているからである。魂の大切な義務は、できる限り完璧で、よろこびにみち、自由で、偉大であることだ。それをけっして忘れてはならない。これはエゴイズムとも傲慢とも無縁である。人は、透徹して自信にあふれた穏やかな自己意識を持つ時、初めてほんとうに寛大になれる。真につつましくもなれる。このことのためなら自己犠牲の衝動そのものを犠牲にしてよい。自己犠牲とは、人が気高くなる手段であってはならず、そのしるしであるべきだからだ。

68

必要ならば、ごくまれな場合に当てはまる例外的な献身ではあるが、不幸な人々に己れの富を、時間を、いのちを捧げなくてはならないこともあろう。しかし、賢者は自分の幸福や日常生活のすべてをなおざりにして、ただ一度わずかばかりの、多少英雄的な振る舞いをしようともくろみ、そのためにだけ日々をすごすべきではない。倫理生活において大切なのは、何より毎日繰り返される義務や、一度限りで終わらない友愛の行為だ。したがって、ふつう人生で常にわれわれが周囲の魂に捧げることのできるものは、相手の幸不幸にかかわらず、こちらの魂の活力や信頼感や自信にみちた平静な態度だけなのだ。だから人生において最も取るに足らない者でさえ、いつの日か神を慰め、よろこばせる役目を担うかのように、己れ自身の魂を養い高めなければならない。魂の心構えで大切なのは、常に聖なる使命への覚悟を持つことだ。ただこの領域において、しかも今述べた条件でだけ真の献身は可能となろう。そして、なかんずく自己犠牲も。

この時、数々の体験を重ね、己れの生を知り尽くしてきたソクラテスやマルクス・アウレリウスが他に捧げるものは、自己意識に一歩も踏み込んだことのない者が他に捧げるものの千倍も価値があるのではなかろうか。神がいるとすれば、神は人間の肉の血による犠牲だけを価値あるものとするだろうか。魂の美徳やその感情、あるいは倫理生活や長い間培ってきた内的な力といった魂の血には何の値打ちもないのだろうか。

69

魂は自己犠牲によって気高くなるのではない。逆に、旅人が山道を登って行くと、しだいに谷間の花々が見えなくなるように、気高くなるにつれて自己犠牲など視野に入らなくなる。自己犠牲は苦しみの美しい姿である。しかし、苦しみそのものを目的に苦しみを作り出す必要はない。目覚めた魂にとっては、すべてが自己犠牲である。高い魂にはもう献身、憐れみ、放棄はなくてはならない根の部分ではなく、遠い谷間の見えない花々にすぎない。そうした魂には、そもそも狭義の自己犠牲などという言葉自体、存在しなくなってしまう。しかし現実には、自らの幸福や愛や希望を必要もないのに無駄な犠牲に捧げ、いけにえが焼かれる炎を見たがる者が実に多い。彼らはランプは持っていても、その使い方を知らない人に似ている。夜がきて明かりが必要になっても、自分たちのランプの油を別の火に注いでしまったのだから。

伝説にある愚かな灯台守のように、海を照らし出さなければならない大きな灯火の油を、近くのあばら屋の貧者たちに分け与えてしまってはならない。魂はみなそれぞれの境遇において、大なり小なり必要な灯台の火を守る灯台守なのだ。この上なく貧しい母親が、母親の義務ではないことに憐れみを感じ、心を奪われ、身を捧げ、貧者たちに自分の油まで分け与えてしまったら、子どもたちは灯るはずの母親の魂の火が灯らなかったことで生涯悲しむだろう。心の中で輝く魂の火は、何よりもまず自身のために輝かなければならない。自分のために輝いてこそ、他のためにも輝くことができるだろう。自分のランプがどれほど小さくても、他に与えるべきものは自らの高く輝く炎であって、断じてそれを燃やし続ける油ではない。

70

利他主義は常に気高い魂の重心であり続けるにちがいないにせよ、強靱な魂が他者の中に己れを再発見するのに対し、ひ弱な魂は他者の中に自らを見失う。ここには大きな違いがある。隣人を自分自身のように愛するより、隣人において己れを愛するほうが優るのだ。導く善があれば、従う善もある。奪う善があれば、与える善もある。忘れてならないのは、魂と魂との交流においては、私欲のない魂とは断じて、自分は常に与え続けていると思い込んでいる魂ではないということだ。強靱な魂は貧者からでも常に奪うし、ひ弱な魂は富者にさえ常に与える。むろん内心は貪欲であるのに意気地がなくて与える与え方もあろう。神の計算に従えば、人間とは奪うことによって与え、与えることによって奪うという答えが出るだろう。凡庸な魂は、往々にして、奪う魂との出会いがあってこそ成長できるのである。

71

なぜ人は認めないのだろう。いちばん大切な義務は、悲しむ者といっしょになって悲しむことでもないし、苦しむ者といっしょになって苦しむことでもないと。また殺しにきた者に心臓を差し出すことでもないし、抱き締めにきた者に心を差し出すことでもないと。苦しみも悲しみも身体の傷も、こちらの人生の自立性が失われない限りにおいてのみ価値があるのだ。地上における使命が何であれ、努力と希望の到達点がどんなものであれ、悲しみや喜びの結果がいかなるものであれ、われわれは何よりもまず一人一人に与えられた人生をひたすら受け容れて生きる生の受託者だということを忘れてはならない。これこそ唯一絶対に確かなことであり、われわれの倫理の原点だ。

人はそれぞれの人生を与えられている。なぜ与えられたのかはわからないが、明らかなのはそれを損なったり、捨て去ったりするためではないということだ。人間はこの地球上で思考生活や感情生活といった特別な生の営みを行なっている。だから、その思考や感情のエネルギーを弱めるものはみな非道徳的なのである。ならば、そのエネルギーを促し、洗練し、増大させるべきだろう。そして何より一人一人が己れの偉大さや力や幸福を深く信じて受け止めるべきだろう。同じことがわれわれの卑小さや弱さや不幸にも当てはまる。拡大した意識においては、幸福も不幸も同じように賞讃すべきなのだ。

もしそれが賞讃に値し、われわれの意識を無限なるものへと高揚させるなら、たとえそれが人間であろうが宇宙であろうが問題ではない。夜の果てに新しい星が発見されたなら、われわれの思考や情熱や勇気にゆたかな光を降り注いでくれるだろう。外の世界で美しく見えるものはみなわれわれの内面でも美しい。われわれの内面で美しく崇高なものはみな同時に他者の中にも存在している。仮に私の魂が今朝目覚めて、魂の抱く憧れのうちで、おそらく最も美しいとされてきた神へと一歩近づけてくれる愛の思いにみたされたとしよう。その時、私はこの同じ愛の思いがたった今、窓の向こう側を通り過ぎた貧者の中にもかすかにふるえているのを知り、そのことを通して彼をいっそう深く愛し、理解できるようになるのである。

このような愛を空しいと思ってはならない。このようにしだいに他への愛を深めていく者がいてこそ、多くの人々はいつか自分たちが何をなすべきかがわかるようになる。真のモラルは自覚的な無限の愛から生まれるものだ。偉大な慈しみとは、人を高め、ゆたかにすることにほかならない。しかし、まず私が気高くならないなら、人を高め、ゆたかにすることなどとてもできない。己れの内にすばらしいものが何もないなら、他者のすばらしいものもわからない。私の気高い行為に対する最高の褒賞は、人々も私と同じ行為ができるのだという、時と共に自然で、あらがい難くなる確信である。私の意識を押し広げる想念はすべて、私の中で人間への愛と畏敬の念を拡大する。そして私が向上するにつれ、他者もまた向上する。しかし、もし誰かを愛そうと思い、その人の愛にまだ翼がないからといって、こちらまで愛の翼を切り落としてしまったら、愛は山頂に向かっていささかも羽ばたくことはないだろう。それどころか、共に谷底に墜ち、いたずらに悲しみ、嘆くばかりだろう。

人は常に己れの到達できる最も高い地点で愛さなければならない。愛によって愛せるのに、低い憐れみによって愛したりしてはならない。正義によって赦せるのに、低い同情によって赦したりしてはならない。敬意をもって接することができるのに、低い慰めをもって近づいてはならない。たえず他者に注ぐ愛の質を高める努力をしなければならない。山頂に至った愛から汲まれた一掬《いっきく》の水は、低い慈悲のよどんだ溜池から汲まれた水の百倍の値打ちがある。単に悲しみに対する同情ゆえの愛ではなく、憐れみゆえの愛ではなく、混じりけのない純粋な愛によって愛された者が、その高い愛ゆえに、愛した者も愛された者も共に高く、ゆたかになるということを最後まで知らなくてもかまわない。それが無駄になったとしても、とにかく最善と思ったことを、こちらはしたのだから。われわれは、人間のいちばん高い憧れである神のみ前で振る舞うかのように、人生においても行為することが常に必要なのではなかろうか。

だが、矛盾にみちた大いなる法則に話を戻そう。最近あった恐ろしい惨事（一八九七年五月四日、パリのバザール・ド・ラ・シャリテでの火災のこと――原註）によって運命は人間に不正、暴虐、暴戻《ぼうれい》などといわれる仕打ちをまざまざと見せつけた。それは理性がわれわれにゆだねた外的世界の善である隣人愛をわざわざ選んで貶めたように思える。その日、運命が猛威をふるった場所には、完璧ではないにせよ正しい者も多少はいただろう。少なくとも一人くらいはほんとうに無私の正しい者もいたはずだ。そのような人間がほぼ確実にいたということ、これこそわれわれがどうしても抱かずにはいられない疑問を生むのである。もし正しい者がそこにいなかったら、こうした法外な不正は何か窺《うかが》い知れぬ至高の正義の力が結集して起きるのだと思うこともできよう。そして不正のさなかにおける「慈悲」などといわれるものは、恒久的に存在する不正の庭に咲く、自身を知らぬ無謀な花にすぎないと思うこともできたろう。

人間は外の世界において、出来事や自然界の圧倒的な力、つまり水や火や空気や重力その他の法則とだけ闘っていればそれでいいと単純に考えることはできない。実はわれわれには、襲ってくる運命の弁護をしないではいられない心的な側面があるのだ。運命の不正を強く非難する時でも、善良な人間が卑しく下劣な行為をした時のように、運命に対して無念さと驚きの気持ちを抱きながら、実は過去の運命も未来の運命も内心では擁護しているのではないだろうか。ただ外面的にだけ非難するにすぎないのではなかろうか。われわれは無意識に自分自身より正しい、正義にかなった運命を進んで作り出しているのである。その運命が外面的には避け難い不正をもたらしたとしても、しばらくして一時の茫然自失から立ち直れば、心の底では、運命はこちらの知らない一切を知っており、こちらの理解できない法則に従ったにちがいないと思い、そこに深い信頼を寄せるのである。もし運命が倫理にかなったものでないなら、世界は果てしない暗闇に思えるだろう。もし運命にわれわれの霊性を高める守護的な正義や倫理性がないというなら、運命は一切の倫理と正義の否定にさえ思えよう。

　われわれは既成の宗教の、通俗的で狭量な因果応報の考えなどもうたくさんだとしながら、一方でもし、こちらの都合のいいようにだけ運命を「正義」と考えたりすれば、われわれの理想とする高く峻厳な倫理など存在し得なくなるだろう。このことをわれわれは忘れてしまっている。ここでいう運命とは不正のことだという明確な認識がないなら、われわれがそれを正義といってみたところで、そんなものはもはや一顧にも値しない。われわれは聖人君子が説いてきた報いを求める理想の善に同意したりしない。何かよい報いや喜びを期待して義務を行なうことは、たとえそれが義務を果たすこと、それ自体からくる喜びにすぎなくても、叡知ある神の目から見れば、利益のために悪を犯すのと同じ道理になるだろう。もし神が気高い人たちの魂に分け与えた高い想念と同一であるならば、「神」のことなどとりあえず忘れて、ひたすら善に没頭もせず、単に「神」だけに気に入られようと、善より「神」に取り入ったすべての人々を、神が受け容れるはずもなかろう。このことは容易に理解できよう。しかし実際は、ほんの小さな出来事に接しても、「悪いことをすれば罰が当たる（いいことをすれば報われる）」式の、子どもの頃教えられた「説教本」の域を、われわれは一歩も出ていないことに気づく。だが、そんなものより「懲らしめを受ける善行集」の方が必要だろう。その方が正しい魂には役立つだろうし、それによって善の高さも力もこれまで以上に保たれるだろう。

運命の不正の試練をへて、より優れた正義は現れるのだという視点を失ってはならない。世界のどこにいようと、自分は見捨てられているのだと感じれば感じるほど、人はそれだけ己れの根源の力を再発見する。こうした大きな不正に出合うと、われわれが不安に陥るのは、そこで高い道徳律がいったん否定されるからなのである。しかし、この否定そのものによって直接、もっと高い道徳が顕現する。「悪いことをすれば罰が当たる」式の発想をやめれば、善のための善をなさねばならなくなろう。道徳の規範が失われているように思える時でも、けっして動揺してはならない。それよりも、もっと高い規範が背後に必ず存在しているのだから。

運命の作り出す純粋で完璧な道徳律に余計なものを加えれば、加えた分だけ奪う結果になる。反対に、運命は不正なものと明確に認識すればするほど、目の前の霧はそれだけ晴れ、視界が広がり、より高い道徳の領域が見えてくる。神が人間に対して不正であるように思えるからといって、善の基盤が崩れ去るなどと思ってはならない。神の明らかな不正の中にこそ、善の揺るぎない根元があることが最後にはわかるだろう。

73

叡知ある者に対する自然の無関心はしかたのないことだ。この無関心が不可解に思えるのは、われわれにまだ十分叡知が備わっていないということだ。叡知の仕事は数々あるが、その一つは人間が宇宙の中で占める位置を可能な限り正確に、謙虚に認識することにあるからだ。

地上では人間は、蜜巣がある巣房の中の蜜蜂のように、優れて見えよう。しかし女王蜂が巣箱で偉大だからといって、そのために辺りの花々が開花すると考えたりするのはばかげていよう。かといって、広大な宇宙を考える時、われわれは自分を卑下する必要はない。偉大に見えるのがわれわれ自身であろうが全世界であろうが、善の血潮である無限なるものへの感情は、やはり同じようにわれわれの魂の中を巡り続けるだろう。

こうして報いならぬ報いを待ち望む善の行為とは何であろう。この報いならぬ報いは重力の法則の中などではなく、一人一人が内面に見つけ出さなければならないものだ。善とは何かを知らず、それに対する報酬を求める者たちばかりいるが、忘れてならないのは、善の行為は常によろこびの行為だということだ。それは幸福と歓喜に長く育まれた内面の生の土壌に咲く花だ。その花が咲くためには、魂の最もやすらかな高みでの長い休息の時と日々が必要だ。後の褒賞など、それに先立つ魂のやすらぎという報いに比べたら無価値に等しい。

さきほどふれた運命の惨事に遭って死んだ正しい者がその場にいたのは、彼の魂がどんな幸福によっても、どんな栄誉によってもまた、どんな愛によっても得られない確信とやすらぎを、すでに善の中に見出していたからなのだ。もしこのような善なる人々の前で、時に、燃え上がる炎が道を開け、洪水の水が引き、死が躊躇するなら、彼ら偉人や正しい者はどうなるのだろう。気高く純粋であるからこそすばらしく、いかなる報いも期待していないからこそ気高く純粋である善のよろこびは、失われてしまうのだろうか。

結果を求めて善をなす世俗的な喜びもあれば、何も期待せずに善をなす清らかなよろこびもある。悪をなす内心の思惑は一般に誰でもわかる。しかし善の場合、それをなす思惑などなければないだけ、なされた善はいっそう純粋なのだ。正しい者の価値を知るにはその人になぜ正しい行為をするのか尋ねてみるとよい。おそらく、その内心の思いがうまく説明などできない者こそ、完璧に正義にかなった者なのである。なるほど、意識が拡大し高まるにつれ、魂を現実の派手な英雄的行為へと駆り立てることは少なくなるかもしれない。が、他方では拡大した意識は、ますます神秘的で私心のない勇気ある行為だけを理想とするようになるだろう。いずれにせよ、善を高めたいと思っても、そこに運命や世界を結びつけるようではまだ善の意味がわかっていないのである。善とは何かを深く知りたいと願い、ただそれ自体のために善を行なう時、人は真に善を行なっている。サン・ジュストがいっているように「心のほかに証人なし」なのである。

神の目から見るなら、善なる行為の光は限りなく広がるものと確信している人間の魂と、光は己れの内なる心を照らす範囲にとどまるものと考える人間の魂とには、明らかな違いがあるかもしれない。たしかに、われわれとあまりにかけ離れ、にわかには信じ難いほど高邁な真実もわずかの間なら大きな力になり得るだろうが、しかし、それよりつつましく、人間的な真実は人をより忍耐強く、実直にする。兵士は自分の銃弾の一撃一撃が国の勝利を決定づけるものと確信して、みながみな戦わなければならないのだろうか。だが、身の回りの限りなく小さなことを知っている兵士もまた、戦いと戦乱の中にあって、やはり同様に毅然とした立派な兵士であろう。それに、気が咎めて隣人こそだまさない善人が、多少の自己欺瞞は理想を逸脱しはしないと考え、目をつぶって認めてしまうこともよくあるではないか。

しかし、正義は報われないもの、という話に戻ろう。思うに、叡知の最も優れた者たちは、もし善が実用的なものなら、ほかのよろこびを求めるだろう。また神が彼らの善行に対して常に報いたら、彼らから生の大切な意味を奪うことになるだろう。おそらく魂にはどうしてもしなければならないことも、なくてはならないものもないのであり、善のために善をなすよろこびが奪われたら、魂はそれ以上に純粋なよろこびを見つけ出すにちがいない。だがともかく、善は今魂が持つ最も美しいよろこびであり、それをみだりに非難すべきではなかろう。しかし、だからといって善のよろこびのこの上なく澄んだ本質が汚れることを恐れて、善がこうむる不正や不幸に攻撃の手を加えすぎてはならない。善のよろこびを深く知る魂には、報いを期待することなど思いもよらないだろう。普通の魂にとっては、苦しみが、さらなる苦しみによって報われることなど思いもよらないように。真に正しく善の内に生きていない者だけが常に真の正義を非難する。

74

「大志ある者のように働け。生を切実に願う者のように人生を大切にせよ。生のよろこびのためにだけ生きる者のように幸福であれ」。このヒンズーの知恵は正しい。そして、これは人間的叡知の核心でもある。一つ一つの行為は、すばらしい永遠の果実をもたらすものと信じて行為しよう。だがまた、宇宙を前にしたら人間の正しい行為など、どれほど取るに足らないかをもわきまえておこう。この引き裂かれた状態を魂で感じ取り、それでもそこに調和を見出そうとすることこそ、人間的であると深く信じて毎日を生きようではないか。大きな世界をけっして見失ってはならない。が、小さな世界の幸福が大きな世界の幸福にも通じているのだと知り、同じ信頼、同じ厳粛さ、同じよろこびの感情をもって、限りなく小さな世界にも感動しよう。

ところで、善を熱望し続けるには、幻想が必要なのだろうか。もしそうなら、明らかにそれは心底からの熱望ではない。理性が信じない幻想を、心がいつまでも信じ続けるなどと思うのはばかげている。逆に心には理性を助ける多くの領域がある。己れの中に暗い夜が訪れるたびに理性はしだいに虚飾を捨て去り、ついには心へと救いを求めて逃れさえする。なぜなら、理性はたとえていえば目の見える光の娘であり、心はその盲目の母親なのだ。光の娘は若すぎるために母親の助言が必要だ。盲目であっても常にほほえみを絶やさない優しい母親の助言が必要だ。人生には優れた知性より、美しい叡知の方が重い意味を持つことがある。知性が獲得したすべての知が、海を見出せぬ砂漠の河のように、惨めな死の渇きにさらされて、苦しみもがきながら魂の海に救いを求めて注ぎ込まなければならないことがある。

75

しかし叡知を問題にする場合、それが純粋な叡知だとしても、過大視してはならない。外的な運命の力は叡知ある高徳の人だからといって攻撃の手を緩めるわけではない。彼は自らの内面の力の大部分を掌握できるにすぎない。しかし人間の幸不幸の大半は、この内面の力に起因するのである。

前に述べたが、賢者がやってくると多くの悲劇はおさまってしまう。事実、賢者がいるだけで、悪意や誤った考えから生じる大部分の悲劇は起きなくなる。彼は自らの悲劇ばかりでなく、周囲の悲劇をも阻止できる。愚かで、邪悪なことをしでかしても少しも不思議ない連中が、単純ですばらしい叡知に恵まれた人物に出会えば、そのような行為を避けられるだろう。生身の人間の性向というのは、その大半が付随的なものであり、出会いに応じて苦しみの色に染まりもすれば、やすらぎの色に染まりもする。たとえばジャン＝ジャック・ルソーの周りでは、どんな人も嘆き、裏切り、率直さを欠き、底意にみち、たわごとをいうだろう。だが、ジャン・パウルの周りでは、誰もが誠実で、気高く、明敏で、柔和で、愛にみちるだろう。われわれが自制するなら、その同じことを身近にいる人々の内でも抑えられるのである。正しい者の周りには大きな平和の環が広がり、悪の矢はしだいに力を失い、地に落ちてしまうだろう。彼をさいなむ苦しみの矢は、もう周りの人々からはやってこなくなる。

実は人の悪意がわれわれに悲しみを与えるのは、相手にそれを与えたいと思う気持ちがこちらにもあるからにほかならない。まだねたみの矢がわれわれの心を傷つけるのは、こちらにも同じ矢を相手に向かって放とうとする気持ちがあるからなのだ。裏切られて悲嘆に暮れるのは、こちらの心にも裏切ろうとする気持ちが常にあるからなのだ。人が人の魂を傷つけるのは、まだ攻撃の武器を愛の大きな炎の中に投げ捨てていないからなのだ。

76

人間の善性がこうむる悲劇は、叡知ある者にも叡知なき者にも見えない舞台で演じられる。われわれにわかるのはただ結末だけであり、それがどんな光や影の中で準備されたのかはわからない。善なる者に明らかなことはただ一つ、運命は、ほかならぬ彼の正義や慈悲の行為を通して彼に深い傷を負わせるということである。だが運命に圧倒されたとしても、その時、叡知ある者はキリスト者の言葉でいう「恩寵の内に」、つまり心の歓喜の内にあるにちがいない。これだけでもすでに内的な不幸を招かぬための防御の扉のすべてを固く閉ざしている。外的な不幸に対する扉の大部分を閉ざしている。

われわれの義務と幸福の観念が向上するにつれ、倫理的な苦しみの猛威は浄化されていく。倫理的な苦しみの猛威とは、運命の最も凶暴な支配力にほかならないのではないだろうか。幸福とは、結局、人間の内的自由にかかっているのだ。この自由は善をなせば拡大し、悪をなせば狭まる。マルクス・アウレリウスが寛容さの中に新たな真実を発見するたびに、また人を赦したり、深い瞑想をするたびに、彼自身が解放されたというのは、けっして比喩などではなく、事実そうだった。マクベスが己れの犯した罪の一つ一つに縛られたのも比喩などではなかった。これは舞台で王の惹き起こす大きな争いの罪にも、われわれが犯すささいな罪にも当てはまる。おおぜいの人々に知られる現実の偉人の善行にも、人に知られることのない市井の人々の善行にも当てはまるのである。われわれの身の回りには無名の小マルクス・アウレリウスたち、部屋から出て実際に罪を犯しはしないが、心のマクベスたちがおおぜいいる。善についての考えがいかに不完全であろうと、放棄すれば外部の悪意ある力に身を任せることになる。自分自身に嘘をつけば小さな嘘でも、心の沈黙のひだ深くに入り込み、公然と嘘をつくのと同様に、私の内的な自由に致命的な打撃をもたらす。そして、内的な自由が損なわれるやたちまち、運命は獣がずっとつけねらっていた餌食に忍び寄るように、そっと私の外的な自由に迫ってくるだろう。

77

叡知ある気高い人の報いが、悪意ある人の報いと同様にはっきりした形で現れるドラマなどあるだろうか。明らかに、この世においては善の報いより悪に対する報いの方が顕著に現れるように思える。悪は結局は自らを罰して悲痛な叫びに至るが、善の報いは沈黙であり、沈黙は善の楽園である。悪行の結末は張り裂ける叫びを伴う破局であるが、善行の果てにあるものは、人間存在の最も深い法則への無言の献身である。だからこそ、大いなる正義の天秤は目立つ日向の行為より、目立たぬ日陰の行為に傾くことが多いのである。

ところで、「悪の幸福」など実際にはそうないだろうが、「善の不幸」はそれより多くあるのだろうか。不幸、とはいってもこの場合、肉体の苦しみは初めから考えに入れてはならない。少なくとも運命の最も低く暗い森にその原因がある苦しみは。いうまでもなく、冷酷な死刑執行官どもはスピノザを拷問台に載せることはできたろう。また、リーガンやゴネリルがリア王を苦しめたように、由々しき病がアントニヌス・ピウスをさいなむことは妨げられない。それは苦しみの動物的な側面であって、人間的なものではない。とはいえ、叡知はいちばん末の妹分の科学を遣わして、運命の領土にある、この肉体の苦しみの勢力範囲を日々狭めさせていることも忘れてはなるまい。それでも常に運命の領土には不幸が統治する不可侵の部分が残るだろう。そこには常に抗し難い不正の犠牲者たちがいるだろう。ただ不正のために人は嘆き悲しむとしても、少なくともそのことを通して、この上なく高い神秘の次元からやってくる叡知を知り、現実に根ざした人間的で優れた知をいっそうゆたかにできるのである。

われわれは正義の根源は己れ自身の見えざる霊性の中にしかないと気づいた時、真に正しい者となる。さらには、運命の不正は人間を世界における本来の居場所に戻してくれる。正義の根源を求めて、迷子が母親を捜すように、周囲を見回しても見つかりはしないだろう。運命的な失意は道徳的な破綻を招くなどと思ってはならない。真実は、それがどんなに苛酷なものに思えようと、人々の勇気を増大させ、真実自体を受け容れることができるまでにしてくれる。ともかく、人に失意をもたらす真実は、それが真実であるというただそのことによって、その場しのぎの勇気を与えるどんな美しい嘘より常に優るものだ。たとえ真実が失意をもたらすものであっても、嘘が真実であろうはずがない。そこには真実の代わりに偽りの勇気があるだけだ。弱者には動揺の原因となる真実は、強者には力の源泉になる。

「二人ですごしたあの日のことを思い出します」と、ある女性が恋人に書き送っている。「あの日、海に向かって開いた大きな窓で、わたしたち、水平線の彼方からやってくる何艘もの白い小舟を眺めていました。舟は前の港に数珠のようにつながって、つぎつぎに入ってきました……。でも、覚えていますか。たった一艘、喪の色の帆の舟が、それもいちばんおしまいになって港に帰ってきたのを。今でも目に浮かぶようです。それから、覚えていますか。その時ちょうどお別れの時で、つらかったけど、舟をお別れのしるしにしたのを。最後のこの暗い舟に予兆を感じて、ひょっとしたら二人とも悲しみに沈んでいたかもしれません。でも、すべてを受け容れた恋人たちのように、わたしたち、ほほえみながらそれを拒みませんでした。そして何度もお互いの気持ちを確かめ合えました」

われわれも日常の中ではこのように振る舞わなければならない。「暗い舟」をほほえみをもって迎え入れるというのは、たしかにたやすいことではないが、しかし手紙を書いた女性が愛の思いにみたされていたがために悲しむことがなかったように、人は悲しみを超えられるほど情熱を注げるものを人生に見つけ出すことはできる。人間の思考と心は視野が広がるにつれて、運命の不正をかこつことが少なくなるものだ。われわれは世界の果実であるがゆえに、この世のすべては人間にとって最善なのだと考えるのは無益なことではない。われわれには苛酷に思える宇宙の法則も、それでも人間が思いつくどんな優れた法より人間存在にふさわしいにちがいない。

狭い自分を超えたところに自己の真の尊厳やよろこびを見出さなければならない時期がきている。われわれは外的には強大な上にも強大な運命の力に支配されているように思えようが、しかしそれと同時に、内的には自分たちが実はその力の形成の一端を担っているのだということをしだいに確信するに至るだろう。だからその力が襲いかかる時でさえ、[40]テレマコスが父オデュッセウスの腕力に感嘆したように、われわれもこの運命の力を讃美できるのだ。自己の無意識の衝動に対してわれわれが時に抱く、同じ強い好奇心や、よろこびと感動にみちた驚きをもって、宇宙を構成する自然の無意識に少しずつでもまなざしを向けられるようにならなければならない。宇宙の無意識にせよ、われわれ自身の無意識にせよ、無意識と呼ばれる領域で理性の小さな松明を振り回しても始まらない。この両方の無意識は共にわれわれの内面の深層に生きている。

「人類の持つ力を十分知ったうえで」と、飛び切り優れた才能の持ち主の一人であるギュイヨーはいっている。「今度は己れの無力を、少なくとも個人としての人間の無力を知らなければならない。われわれの生命を支配する無限なるものと、無に等しいわれわれ自身との間の断絶そのものから、ある種の偉大さへの感情が生まれる。どうせ押しつぶされるなら、そこらの石ころより巨大な山に押しつぶされる方がいいだろう。戦死するにしても、一人と戦って死ぬより太刀打ちできないほどの軍勢と戦って死んだ方が気が休まるだろう。知性はわれわれに、われわれ自身の限りない無力さを教えて敗北の悲しみを取り去ってくれる」

滅ぼされる自分に対してより、滅ぼすものに対してはるかに親しみを覚えることがあるだろう。自己愛ほど変化しやすく、そのすみかをつぎつぎに変えるものはない。なぜなら——これは本能的にわかることだが——この自己愛なるものほど、われわれ自身のものでないものもないからだ。強大な力ある王を取り巻く宮廷人になったら、彼らの自己愛は、それまでのすみかから、たちまちその全能の王の輝かしい庇護のもとに移り住むだろう。そして畏れ多い玉座から下される屈辱的な命令も、それが自分たちを超えた高みからやってくるゆえに自尊心が打ち砕かれることもなかろう。宇宙を構成する自然が人間に気を配ったりすれば、そんなものは偉大とは思えなくなるだろう。無限なるものに対する人間の感情が嬉々としてそこに身をゆだねるには、その絶対的な無限性と人間への無関心さが必要なのだ。われわれの魂の中には、常に有限の世界で楽しく生き続けるより、時

●—41

に無限の世界で悲しみを味わいたいと思う資質があるようだ。

もし運命が常に賢者に対して正当なら、彼の運命は、それにふさわしいすばらしいものになるだろう。ところが運命は個々の人間にはまるで無関心なのだから、賢者より高く、偉大であるわけだ。いずれにせよ、運命は魂の行為から得た結果を宇宙へ返し、宇宙をいっそうゆたかにするだろう。何一つ失われるものはない。賢者にとっては、自然の中にあろうが心の中にあろうが、どんなものからも偉大さが失われるようなことはないのだから。なぜ人はそうまで無限に住まうことに不安を抱くのだろう。ほめ讃えた者には、そのすべてが彼のものとなるのに……。

## 78

読者の中にはバルザックの「独身者たち」●—42という一連の小説の中の『ピエレット』という作品を覚えておられる方もいるだろう。傑作ではないにせよ、この作品の視点こそ私の視点と同じものなのである。

優しく、無垢な孤児のブルターニュ娘の話である。幸薄き星のために、ある日、かわいがってくれた祖父母から引き離され、田舎町のはずれ、おじのログロン氏とその姉に当たる、おばのシルヴィー老嬢の住む陰気な家に連れてこられる。二人は以前小間物屋をやっていたが、今はひと財産作って隠棲した、冷たく、生気もない、度し難いほど見栄っ張りで、しみったれのブルジョワだ。共に暗く、みたされぬ、根は底意地の悪い独身者である。

到着と共に、おとなしく優しいピエレットの苦難が始まる。加えて、おぞましい金銭問題が絡まる。何から何まで節約だ。結婚などさせてなるものか。みたすべきは自分たちの欲だけだ。早いとこ相続財産をせしめてしまえ……といった具合。ログロンの隣人や友人は、この運命の犠牲者の長くゆっくり進行する責め苦を静かに眺めている。ただ心の底ではむろん強者の勝利に笑みを浮かべている。

すべては、ピエレットの哀れな死と共にやってくる彼ら全員の、つまり、彼女を苦しめたおじとおば、いまわしい弁護士ヴィネ、それに彼らに加担した者全員の勝利で幕を閉じる。もはやこの死刑執行人どもの幸福を邪魔するものは何もない。運命も彼らを祝福しているように見える。バルザック自身、事の成り行きに引きずられて、苦し紛れに、しかたなくこう話を締めくくっている。「ここだけの話だが、神が存在しないなら、世の騙りや詐欺にとって、合法性なるものは実にけっこうなものなのである」

この種の出来事はわざわざ小説の中に求めなくても、毎日どこでかで起きている。話をバルザックから借りたのは、そこに世のどこにでもある不正の勝利の格好な例が語られているからにすぎない。このような不正な出来事ほど道徳的なものはない。にもかかわらず、世のモラリストはたいてい、運命のもたらす不安を何とか取り繕おうとして、そこにある大いなる教訓の意味を覆い隠してしまう。だが、それは誤りだ。

「潔白への褒賞は神にまかせよう」という者もいれば、「不正な出来事にあってこの上なく哀れなのは犠牲者ではない」という者もいる。両者とも多くの点で共に正しいことをいっている。虐げられた不幸で哀れなピエレットにも、その死刑執行人どもの知らないよろこびは幾つもあったろう。泣きぬれていても、彼女はやはり優しく、思いやりがあり、愛情にみちている。その方が冷たく利己的で、意地悪な笑みを浮かべるより幸福になれる。人から愛されずに愛することはつらいことだ。だが、人をまったく愛さないことは、もっとつらいことだ。そもそもあの醜い喜び、おじとおばの卑しく、こせこせとして、いじましい欲と、魂の中でひたすら不正が終わればいいと耐えながら願っている少女の大きな希望を比べること自体ばかげている。

青ざめて、血の巡りのよくないピエレットが、知的に周囲の人間に優ることなどあり得ないだろう。だが、高みに登らなくても地平線が天に接するのが見えることもあるではないか。不正にさいなまれるピエレットは、その苦しみの中で魂の視界を広げ、ある地点で高い霊的な歓喜を垣間見るまでに至る。人に不正を犯せば世俗の小さな快楽はすぐにも得られよう。だが、それを享楽するうちに、彼らが奪おうとしても奪えなかった何か、損なおうとしても損なえなかった何か、要するに物質的なものと関わりのない何かを、犠牲となった者がじょじょに圧倒的なよろこびのうちに体験できるようになるさまを目の当たりにして彼らはねたまずにいられなくなるだろう。

不正はそれを働いた者が自らの魂に閉ざしてしまう、まさにその扉を犠牲になった者にいっぱいに開けてくれる。苦しみを与えられる者は、その時、それを与える者より清浄な空気を吸うだろう。だから虐げられる者の心の底は、虐げる者より百倍も明るく澄み切っている。幸福の輝きは心の底の、ある種の澄明さに左右されるのではなかろうか。人を苦しめる人間は、彼に苦しめられる人間の内面に輝く幸福の光を消すことはできない。しかし、自分の内面の光は一つならず消してしまう。

どちらか一方を選ばなければならないなら、ログロンよりピエレットでありたいと思わぬ者がいるだろうか。人は幸福に対する本能的な臭覚からみな知っている。道徳的に正しい人間が——たとえ、仮に王という立場からは間違っていても、道徳的に正しい人間が——不正な人間より幸福でないはずがないということを。

ほんとうはログロン氏もログロン嬢も自分たちの犯している不正に気づいていないのかもしれない。だが、そんなことは問題ではない。自らの悪に気づこうが気づくまいが、不正の人生は息苦しいにちがいない。それどころか、自分が不正を犯しているのを知っている人間は息苦しさのあまり、その檻から逃げ出したくなることもあろう。あるいは、哀れなことに、己れの真の運命の広大な眺望を遮る壁に囲まれて、外に広がる景色など想像もできずに狭い獄中で息絶える者もいよう。

79

あり得ないところに正義を求めても無駄である。それはわれわれの魂の中以外にはないのだ。正義という言葉は精神にはごく自然の言葉であろう。しかし、精神が無限の宇宙へ思いを馳せ、羽ばたこうとするや、それとは別の言葉が必要となる。宇宙的思考にとって人間の正義の理念など、もとより問題にもならない。宇宙にとって関心があるのは均衡の観念だけである。この世で正義と呼ばれるものは、実はこうした均衡の法則を人間が読み替えたものにすぎない。蜂蜜が花の蜜を変化させたものであるように。

そもそも人間を超越した世界に人間的正義などないが、しかし内なる魂の次元では、不正が犯されるようなことはない。物質存在のわれわれは不正によって得られた喜びを享楽するかもしれないが、魂は己れの善にふさわしいよろこび以外のよろこびを知らない。われわれの内なる幸福は、けっして買収などできない裁判官によって決定される。買収しようとすれば、それだけで彼が光の天秤皿に載せようとしていた真の高みの幸福を損なうことになる。

ログロンがしたように無抵抗なピエレットを虐待し、あのように天が彼女に与えた幾ばくかの人生を悲劇的な結末にしてしまったのは、かえすがえすも残念なことだ。しかし、いうまでもないが、ログロンのなした有害な行為が、善と瞑想と愛がスピノザやマルクス・アウレリウスにもたらしたような内面の至福、心の平安、思考の高揚、立ち居振る舞いのおおらかさを、彼らにももたらしたなどとゆめゆめ思ってはならない。

悪には、ある種の精神的な快感があるのは事実である。だが悪をなせば、思考は当然狭められ、その活動ははかない私的な物事の範囲にとどめられよう。われわれが不正を犯すのは、あり得べき幸福にまだ至っていないからにほかならない。悪を犯す者が悪自体の中で探し求めているのも、実はやはり己れの存在のある種の平安であり、輝きなのである。悪の輝きにせよ、彼はその輝きの中で己れが幸福だと思えるのである。しかし、それとは異なる輝きと平静を知っていたマルクス・アウレリウスが、そんな低い次元で幸福になれるだろうか。海を知らない子がいたとしよう。その子を大きな湖の岸に連れていって海だといえば、それを海だと思って、手を打って喜ぶだろう。そして、それ以上何も求めないだろう。だが、ほんとうの海がそれで存在しなくなるわけではない。

日々ねたみと虚栄によって他を蹴落とし、人を冷酷にあしらっては快感を覚え、つゆほどの優越感に浸って幸福を得る者もいよう。だが、いま一つの幸福を知った者の目から見たら、それはそのレベルにいる人にふさわしい幸福であり、そんな人の人生観や、その程度の魂をみたす宗教や、瑣末なことに価値を置く世界観など何の魅力もないだろう。とはいっても、幸福の流れる河床を狭くも広くも、浅くも深くもするのは、やはり人生観であり、宗教であり、世界観であることに変わりはない。低い次元にいる者も賢者と同じことを信じている。神が存在することを、あるいは神など存在しないということを。前者の中にも後者の中にも、今生ですべては終わるという者もいれば、いや、すべてはあの世に通じているのだという者もいよう。物質しかないという者もいれば、霊性だけだという者もいよう。だが、低いレベルの者はそれを賢者が信じているように信じているだろうか。

われわれが信じ頼るもの、つまり、充実した人生や、内面の平安や自信、あるいは自然の法則への忍従ではなく、母なるものへいきいきと問いかけ、子としてその法則に進んで従うこと、そこにある幸福感は直接そこから得られるのではなく、こちらの信じ方によって得られるのではないだろうか。私は「神など存在しない」ということも、「私という現象はそれ以外に目的はない」ということも、また「私の魂の生活は無限のこの宇宙を構成するために、束の間の花の色合いほども必要とされない」ということも、宗教的な仕方で、無限なるものに思いを馳せながら信じることができるのである。

己れの狭い了見から、唯一全能の神は自分たちだけを愛し、守護してくれると信じている者もいる。もし私の不安が彼の信仰より偉大で、厳粛で、気高いなら、またもし不安ゆえに私が自らの魂に彼の信仰より深く問いかけ、より広大な領域を探究するなら、そしてもし彼より多くの事物を愛することができるなら、私は彼より幸福であり、平安だろう。さらにもし、私の不安が彼に安心をもたらすものより広大で純粋な思考と感情に支えられているなら、私の信じない神は、彼が信じる神より力があり、慰めをもたらす存在になろう。繰り返すが、神を信じようが信じまいが重要ではないのだ。大切なのはなぜ信じ、なぜ信じないかの内的な道理の中にある真摯さ、無欲さ、その深さや、宇宙的な広がりなのである。

80

この内的な道理はこちらの勝手になるものではなく、報いのように、ふさわしい人間に訪れるものだ。その場しのぎの勝手な思いつきの道理など、思いつきで買った奴隷同様、ただそこにいるだけで、内実は死んだも同然だ。機会さえあれば、さっさとどこかに消え失せてしまおうとするだろう。しかし、しかるべく訪れた道理は、思慮深く誠実なアンティゴネのように、われわれの人生の歩みを一歩一歩勇気づけてくれる。人はこうした道理を魂に迎え入れようとはしない。だが、それらは魂の内で長く生き続けなければならないものだ。何よりそれらが形成される前に芽生えの時期を魂の内ですごし、われわれのすべての思考、すべての行ないによって育まれなければならない。そして、後になって、誠実さと愛に包まれてすごしたそのような幼年期の数々の思い出を再び見出すことができなければならない。

この内的な道理が成長し、魂の領域が拡大するにつれ、幸福の領域も広がる。感情と思考の住む魂の空間が、唯一幸福が生きられる空間だからだ。幸福には物質的な空間はいらない。とはいえ、その前方に広がる道徳的領域はまだ十分広大ではない。たえずそれを高め、拡大する努力をする必要がある。そしてついには、われわれの幸福が高い世界に上昇していく時、目の前に現れる広がりそのものが幸福の糧となる。それ以外にはもう何一ついらなくなる。その時、人は自己の存在の真に人間的で揺るぎない本質から幸福になり始める。実は、これ以外の幸福はみな幸福のかけらにすぎない。瞑想し、事物を深く見つめ、もはや内と外の境界が消滅する真の幸福を未だ知らない幸福のかけらに……。

81

この目の前の広がりは悪を行なうと日々縮小する。それによって必然的に思考と感情が狭まるからだ。だが多少とも向上した人間は、もはや悪など行なわない。なぜなら、結局は、悪とはおしなべて狭量な思考、低い感情からしか生まれないからだ。その思考が高く純粋になったがために、彼はもう悪を行なわないのであり、悪を行なわないがために、いっそう思考は純化する。

こうしてわれわれの思考と行ないは、魂の生が邪魔されることなく成長できる静かな高みに至って、鳥の両翼のように分離できない一対のものとなる。そして鳥にとって一対の翼は宇宙の均衡の法則以外の何ものでもないが、人間にとって一対となった思考と行ないは正義の規範となる。

82

悪人が時に悪に感じるある種の哀れな喜びは、そこにほんの少しでも善意や慈悲への芽生えや、その可能性がないなら、魂にまで到達しないだろう。

相手を思いやる気持ちがわずかでも心によぎらない限り、いけにえを手中にした悪人の喜びは暗く無益な側面しか現さないだろう。悪とはいえ、己れの勝利を輝かしいものにするには、わずかでも善の光の助けがいるようだ。人は愛の手助けなしに、憎しみを抱いたままほほえむことはできないだろう。たとえできたとしても、束の間にすぎない。この世のどこへ行こうが内的世界に不正はない。幸福の尺度と、倫理的な正しさや慈悲の尺度が正確に一致しない魂など存在しない。私が二つの言葉を区別せず、等しいものとして用いているのは、慈悲とは、あるいは愛とは、倫理的な正しさであり、倫理的な正しさとは、愛や慈悲の宝石が自分にどれほどあるか、その数を数え、提示することにほかならないからだ。だから悪の中にあっても、魂の幸福の落ち穂を拾おうとする者は、彼の悪行を非難する者より自分は幸福ではないと認めるにせよ、彼が目指しているものは正しい者の幸福と同じなのだ。彼もまた幸福を、何らかの心の平安ややすらぎを求めている。彼を罰して何になろう。宮殿に住んでいないからといって、それで貧者を非難する者はいないだろう。小屋に住まなければならないのは十分に悲しいことであるが、見えないものが見える人の目には、心底不正に染まった人間の魂でさえ、正義の美を失うことなく、常に汚れのない服をまとい、清らかに振舞っているのが見えるだろう。またそのような魂が心の平安を、愛を、生の意識を、天や地のよろこびを一方の天秤皿に、他方の皿にそれらを打ち消し、貶め、損なうものを、聖者や偉人や思想家の魂がなすように注意深く載せ、その軽重を量っているさまを目にするだろう。

宇宙は手ずから蜂蜜を作り出さないが、それでもそこで生きる蜜蜂が蜜を作り出すことは間違っていないように、人間的な正義にまったく無関心な宇宙のただなかにあっても、われわれが正義を案じることは少しも間違ってはいない。とはいっても、それが宇宙に存在していない以上、正義を宇宙に求めるのは間違っている。われわれの内に正義があればそれで十分だ。われわれの存在の中心で、すべてはたえず吟味され、判決が下される。われわれを裁くのはわれわれ自身である。いやむしろ、われわれの幸福がわれわれを裁くのだといえよう。

善にも悪と同様、敗北や失望があるだろう。しかし善の場合、それは心に不安や闇ではなく、光とやすらぎをもたらす。善行は、なしのつぶてとなって空しく落ちることもあろうが、そのような時こそ、われわれは魂と人生の測り知れない深さを知ることができるのである。善行は空しく落ちても、多くの場合、あれこれの思いより輝かしい光のつぶてとなるからである。例のログロン老嬢の卑劣なたくらみが、ピエレットの無垢ゆえに失敗に終わった時、老嬢の魂はそれまで以上に偏狭になる。しかし、皇帝ティトゥス●—43が誰か恩知らずに善を施したら、仮にその赦しや愛が無駄になったとしても、そのことを通してティトゥスは赦しや愛を超えた彼方にまなざしを向けることができるだろう。人は何かに――それがたとえ善であっても――固執してかたくなに閉じ籠もってはならない。究極の善の身振りは常に、扉を開く天使の身振りであるべきだ。

善の敗北に感謝しなければならない。もし赦すたびに敵が味方になってしまったら、見返りはなくても悔いのない、寛大な赦しから生まれる内面の光をついに経験できないだろう。そして魂の中に生まれるその最高の光がなければ、人生を取り巻くさまざまな力の存在をも知ることはないだろう。空しい善行や、一見役に立たない高い、とはつまり誠実な思考は、見返りのある善が放つ光とは異質の光を多くの事物の上に注ぐ。なるほど現実の愛の揺るぎない勝利を実感することには大きな喜びがあろう。しかし束の間の現実を超えて真理に至れば、さらに大きなよろこびが待っている。「人間は」とある夭折した思想家がいっている。「有史以来ずっと、自らの尊厳について誤った理解を重ねてきた。人間にとって真理とは何よりも彼自身を傷つけ、夢を打ち砕くものに思えたのである。たしかにそれは、必ずしも夢のように輝かしいものではないかもしれない。しかし真理の価値はそこにまやかしがないという点にある。思考の世界においては真理ほど道徳的なものはない」

そして真理には何一つ苛酷なものなどないのである。賢者にとっては、どんな真理も苛酷ではないからだ。彼もまた、徳行によって山が動けばいいと、愛の行動で人々の魂がみな永遠に癒されればいいと願ったこともあろう。だが、今はもうそうは思わない。といっても傲慢な気持ちから願わないのではない。彼は自分が宇宙より優れているなどと考えているのではなく、逆に宇宙の中にある自分が宇宙ほど重要性を持っていないと信じるからなのだ。彼が魂の中で正義への愛を育てるのは、もうそれがもたらす精神の収穫を得るためではなく、すべての被造物への畏敬の念からであり、魂が運命の予期せぬ不幸や悲しみを肥やしにして咲かせる叡知の花々のためなのだ。

彼はもう恩知らずを恨まないし、忘恩そのものも呪わない。「自分はこんな奴よりましだ」とも「自分はこんな悪など犯さない」とも思わない。忘恩に出合って彼は学ぶ。善行には彼が相手に期待する感謝から生まれる喜びよりも、個人の次元を超えた、もっと広大で普遍の生にふさわしいよろこびがあるのだと。彼は物事のあるべき理想の姿を信じようとするより、あるがままの事実を理解しようとする。

長い間彼は貧者のように小屋で暮らしてきたが、ある日突然小屋の奥から大きな宮殿に連れてこられたのだ。目覚めた彼は、あまりに広い部屋から部屋へおろおろと、かつての小屋の哀れな名残りを探し求めたのだった。暖炉もベッドも、テーブルも皿も腰かけも、いったいどこへ行ってしまったのだろう。彼はやっと、昨夜の乏しい燭台の炎がまだわきでふるえていることに気がついた。が、その光は高い丸天井まではとどかなかった。ただ燭台にいちばん近い石柱だけが弱々しい無力な炎の羽ばたきに照らし出されて、時折、揺れながら浮かび上がるばかりだった。

しかし、彼の目は少しずつ新しい住まいに慣れていった。彼は数え切れない部屋をくまなく歩き回った。そして光がとどかないすべての場所を、光のとどく場所と同じように心から楽しむことができた。初めのうちは彼も扉がもう少し低くて、階段の幅もこんなに広くなく、廊下も先が見えないほど長くなければよいのだがと思ったが、歩くうちにだんだん個人的な好みと合わなかったものの美や、偉大さがわかるようになってきた。すべてのものが、自分の小屋のテーブルや寝台の周りで進行していたようには進行していないことを知って、心によろこびがこみあげてきた。そしてこの宮殿が彼のこれまでの狭い哀れな生き方の背丈に合わせて建てられてなどいないことに歓喜した。存在する高く広い視野を得た彼は、己れの欲求を否定し圧倒するものを賞讃できるようになった。存在する一切の被造物は叡知ある者に慰めと力を与える。なぜなら叡知とは、一切の被造物を探究し、そのすべてを限りなく愛し、受け容れることにあるからだ。

84

叡知はあのログロンさえ受け容れる。それは叡知が正義や善より、ずっと人生そのものに深い関心を寄せるからだ。もし善が壁に囲まれた狭く限られたちっぽけな人生を律しようとする形で提示される鼻持ちならぬ空虚な善なら、叡知はそのような傲慢で硬直した独りよがりの「偉大な」善などより、ちっぽけな人生そのものにまなざしを向けるだろう。

何より叡知は軽蔑することがない。世の中に軽蔑すべきことは一つしかない。それは軽蔑そのものだ。ものを考える人たちは往々にして、ものなど考えずに人生を送る人々を軽蔑しがちである。思考は極めて重要であることは確かだ。そして、とりわけできる限り——しかも善く——考えるようにしなければならない。けれども、なにがしかの一般的な観念を操る能力の多寡によって、人間同士の間に明確な差異や隔てが設けられると思い込むのはばかげた話だ。

たいていの場合、偉大な思想家と田舎の小市民との間にある違いは、要するに、表現形式を持っている真理と、明確な表現形式を持たない真理との違いでしかない。その違いはたしかに大きいし、溝も深いが、深淵ほど深いわけではない。思考が高まれば高まるほど、まだ高い思考段階に至っていない者と、常に高度な思考をする者との境界はかりそめで、いつ消滅してもおかしくないものに思えてくるだろう。小市民の頭の中は偏見と、哀れな欲と、狭くしみったれた、多くは卑しい考えでいっぱいだ。だが、人生の重大な局面に際して賢者といっしょに彼を、たとえば苦しみや死に、愛や真に偉大な行為に直面させたら、賢者はこの哀れな道連れもまた、自分と同じように人間的で、しかも確固とした真理を託された者であることがわかるだろう。そして一度ならず振り返っては己れの目を疑うはずだ。

賢者は自己の精神的ゆたかさの空しさを認める時がある。自分の生き方や使う言葉が一般と多少違ったとしても、だからといって、ほかの人間と何一つ異なるわけではないと気づく時がある。それればかりか、己れの言葉の価値を疑う時が少なからずあるものだ。それは叡知の最も成熟した時なのである。思考するとは、多くの場合、踏み迷い、間違えることだ。そして間違った道に入ってしまった思考する人が元の正しい道につくには、思考しない人がじっと腰かけている、言葉とは無縁だが人間には不可欠の真理の近くまで戻ってこなければならない。思考しない彼らは人類の大切な火の源を絶やさぬように守っている。思考する人は松明を持ち歩くが、空気の薄い高みに至れば松明の火も揺らめき、消えかかる。そうなった時は、根源の火に立ち返ることこそ、叡知ある振る舞いなのだ。

この根源の火は永遠に一つところにあってそこから歴史の中には一歩も出てこないように思えるかもしれないが、実際は時代と共に進み、歴史の底流に常に存在するものだ。そして松明に己れの小さな炎を分け与え、現実の歴史を導いている。この言葉を持たぬ火が、思想家に負うているものは誰でも知っているが、思想家がこの火に負うているものの方は見逃されている。思考する人ばかりの世の中になったら、真理の観念は一つならず失われてしまうだろう。実際、思考する人が生きた思考をしていくには、思考しない人たちとの密接な関わりがなくてはならないのである。

軽蔑することはたやすい。が、理解することはそれほどたやすくはない。だが、真の賢者にとって、遅かれ早かれ最後には理解へと変わらない軽蔑はない。ものいわぬ多くの人々の頭上を軽蔑しながら通り過ぎていく思考、あるいは、そのあまたの人々の中に己れの弟や妹が数限りなく眠っていることに気づかない思考、そうした思考はみないまわしく、不毛な幻想にすぎぬことが実に多いのだ。自然の大気におけると同様、精神の大気においても、呼吸に適するものであるためには酸素より窒素の方がより多く必要だと時に思い出すことは無駄ではない。

85

バルザックのような大きな思索家たちがこの種の小さな人生を好んで取り上げたのもうなずける。

小さな人生ほど互いに似かよっているものはないが、しかしそうした人生が営まれる時代環境ほど互いに異なるものはない。時代背景は変わるが、一つ一つの小さな人生の営みは、いつの世も変わりはしない。それでも、この変わらぬ市井の人生こそが、われわれに最もよく時代の変遷と差異を伝えてくれるのである。

偉大な英雄的行為は、われわれのまなざしをその行為自体に引きつけるが、取るに足らない言葉や行動は、それらの彼方にある遠い地平へと注意を向けさせる。そして、この地平にこそ、常に人間的叡知の輝かしい光源があるのではなかろうか。自然の公平な「感性」と「理性」の目で物事を見るなら、こうしたささいな人生に共通している卑小さは、普遍的であるという点からすれば、卑小とはいえなくなるのである。

そもそも高みに至って己れの魂を知るまでは魂のことなど何一つわからないのだ、などということには何の意味もない。初めはどれほど小さなものに思われようと、われわれがのみ込まれている影が退くにつれ、じょじょにその中から姿を現さないような魂などあり得ないのである。照らし出して愛さなければならないのは、初めから目立つ大きなものではない。小さすぎて愛されないものこそ、こちらの炎を愛にまで高めて、それを照らし出してやらなければならない。われわれは日々、己れの魂から一筋の光明が発せられるようにと願えばよい。その光はどこにでも注がれよう。魂のまなざしが向けられて輝かない宝を秘めていない事物など一つもない。魂が力の限り光を注いでも及ばぬほど小さなものなど、この世に存在しないのだ。

## 86

人間の運命の本質は――もし、魂をいらだたせる多くのささいな事柄から解放されるなら――ありふれた日常の運命の営みの中にこそあるのではなかろうか。精神の高みにおける偉大な闘いの光景は、たしかにすばらしいものだ。それなりに注意深い観察者なら、荒涼とした高原に聳《そび》え立つ、そのような一本のみごとな精神の高木にいつまでもみとれるだろう。だが、その後で彼はまた森に帰ってくるだろう。そこには人目を引く天才や英雄の木はないが、代わりに無数の民衆の木々が生い茂っている。巨大な森を作っているのは、どこにでもあるありふれた木の幹や枝にすぎない。だが、森であるからにはそれは奥深くはないだろうか。木の存在の仕方として、森こそ正しいあり方ではないだろうか。例外的なものの中に究極の意味はけっして見出せない。最もありふれたものをより明敏に深く洞察すること。その洞察を通して初めて崇高といわれるものは生じるだろう。

頂で闘っている者を機会あるごとに仰ぎ見るのは魂にとってよいことだ。が、平地で眠り込んでいるように見える者たちにも、まなざしを向けなければならない。そのような者たちの営みを観察して、彼らの視野の狭い幸福と、高みで苦闘している者の幸福を見分けられるようになるには、どれほど己れ自身を鍛えなくてはならないかを知る時、苦しみや闘いの意義が増すのではなく、苦闘への愛が増すのだ。
　その見返りのよろこびが密かなものであればあるほど、いっそう望ましい。腹黒い廷臣のようにこっそり自分だけでうまい汁を吸いたいからではなく、人知れずもたらされるよろこびこそ、たぶん奪い返されることのない、ただ一つのよろこびであるからだ。その時、平地で眠り込んでいる者たちを見て、「私はあのような者たちから何と遠く隔たっているだろう」とはもう思わず、「私が向上するにつれ、いちばんおおぜいいて、いちばん取るに足らないあした人々と私とが隔たっているとは思えなくなってくる。私がこれまで若さゆえの無知と虚栄から軽蔑していた彼らの方へ近づいていく歩みこそ、まだ見ぬ理想への歩みにほかならないのだ」と自然にわかるようになるだろう。

87

　取るに足らないささやかな生とは、だが実際にはどんなものをいうのだろう。それはたとえば、埋もれた生のことだろう。同じ土地で、わずか四、五人の家族がずっといっしょに送る退屈な日々のことだろう。あるいは感情や思考、欲望や情念が、ささいなことに占められて毎日を生きる人生のことだろう。とはいえ、人生を観察する者にとっては、まなざしを向けさえするなら、どんな人生も偉大でないものはなくなる。

人生はそれ自体では偉大でも卑小でもない。ただ見方によって偉大にも、卑小にもなるだけだ。すべての人にとって、おおらかで高潔に思える生とは、それ自体を常に視野の広い視点で眺めることのできる生である。もし自分自身の生きざまがよく見えなければ、当然、狭量な生き方となろう。だが、そうした人間の生き方にまなざしを向ける者は、その人間の生に対する卑小な視点そのものの中に、彼方へのまなざしへと生成する小さな前触れのようなものを見出すだろう。それは、哀れで貧弱な考えが人間的で揺るぎなく、力強いものへと成長するための、より堅固な支点でもある。

一見するだけなら、われわれの周囲には死んだも同然の、閉ざされた単調で退屈な人生しかないように思えよう。老嬢や頭の固い小役人や金銭に縛られた哀れな守銭奴の人生と、魂や永遠の感情、無限なるものへの関心やわれわれのゆたかな人間性とは、まるで無縁のように思えよう。しかし、もし人がバルザックのように彼らの人生の中に分け入って、目を見開いて観察し、耳をそばだてて聴き取るなら、みすぼらしい客間で抱かれた小さな欲念も、物語の中で偉大な王が玉座から放つ威光と同様、彼方にまでとどき、あらゆる人の人生を深く動かすだろう。

「小さいながらこのような欲念の嵐は」[44]と、これを説明してバルザックは、さもしい連中を扱った作品のうちで最も優れたものである『トゥールの司祭』の中でこういっている。「小さいながらこのような欲念の嵐は、魂の中で情熱を育む。それは成長し、ついには最も重大な社会的利害を操るに至るのだが、そのためにこの嵐は欠かせぬものだろう。波乱と混乱の人生を生きる野心ある者たちにとってだけ、時は瞬く間に過ぎ去っていくと思うのは誤りではないだろうか。トルーベール神父の時間は同じようにいきいきと流れていたし、同じくらいさまざまな憶測や不安のうちに過ぎていった。そして彼の人生にも、野心家や、博徒や、情夫の、常に危険を孕《はら》んだ人生と同じくらい大きな希望と深い絶望が刻み込まれていた。人々に、物事に、自分自身に、実際に打ち勝つために支払わなければならない代価の総計は神のみぞ知るのである。われわれ人間には、最終的な目的地はわからないが、ただ旅の疲労はよくわかる。ちょっと話を中断し、語り手に批評家の役回りを演じさせていただくが、どうかこの老嬢たちと二人の神父の人生を一瞥していただきたい。そして彼らを根から腐らせ、堕落させていた不幸の原因を探究するなら、人生に多少なりとも気品を与え、高貴に振る舞える状況を拡大し、品性を培って、どんな被造物にもある生物的なエゴイズムを鎮めるには、なにがしかの情熱がなければならないということがおわかりいただけるだろう」

バルザックは真実をいっている。光を愛さねばならぬのは、必ずしも光そのもののためではなく、光によって輝きを与えられるもののためである。山頂の大きな炎は完璧なものであるにせよ、そのような高い頂には人間の姿などほとんど見当たりはしない。しかし、下界の群衆の中で燃える小さな炎は、往々にして、ずっと有益な仕事をする。それに小さな人生の中にこそ、偉大な人生は己れの本質を見ることができるのだ。人々の狭量な気持ちを観察することによって、ついには人は自らの気持ちを広量にする。狭量な気持ちが嫌悪すべきものに思えるからそうするのではなく、心の本質にある真理の大きさと、けちな小さな思いがしだいに調和しなくなってしまうのが感じ取れるからなのだ。

平凡な人生よりましな人生を夢みるのはいいが、日常生活の中に存在しない材料で夢の建物を建ててはならない。生の高みにまなざしを向けるのはすばらしいが、もっとすばらしいのは、魂を鍛えてこの生をしっかり観察できるまでになることだ。そのうえで夢み願う到達点はただ一つ、雲間からはっきり姿を現して彼方に光を投げかけているまばゆい山頂だけである。

88

こうしてわれわれは、長い間打ち捨ててきた問題に再び戻ってくる。われわれはこれまでずっと外的な運命を考え続けてきた。しかし外的な悲しみがもたらす涙は、けっして外的な世界にだけとどまる涙ではない。われわれの愛する賢者は、人間の持つあらゆる欲念にさらされて生きなければならない。心に潜む欲念だけが、長く着実に叡知が育まれるためのただ一つの糧であるからだ。欲念とは、われわれが意識の、つまりは幸福の、宮殿を建てる手助けのために自然が人間に与えた労働者である。だからこの労働者の手を借りず、一人で人生の石を積み上げられると思い込んでいる人は、魂を住まわせるには狭く、寒い、むき出しの独房しか作れないだろう。

叡知ある、ということは欲念がないことでは少しもなく、己れの持つ欲念を浄化できるようになることなのだ。すべてはその人のいる人生の進歩階段の上下によって決まる。ある者にとっては道徳的な欠点や弱点は堕落へ向かうプロセスとなり、別の者にとっては浄化へのステップとなる。叡知ある賢者もまた、叡知なき者と同じ行為を少なからずするだろう。ただ後者は欲念によってますます本能の深みへ迷い込むのに対して、前者の欲念は常に最後にはその灯火で、いまだ光のとどかない無意識の片隅に光を投げかける。たとえば狂者となって激しく愛するのは愚かだが、狂者のように激しく愛するなら、ひたすら叡知の立場から賢く愛するより、人はいっそう叡知を身につけることができるだろう。

行為を伴わない停滞と虚脱の中で育つのは叡知ではなく、無益な傲慢さばかりである。何をなすべきかを知るだけでは足りない。あるいは、偉人たちだったらどうするかをはっきり知り得たところでどうということはない。そんなことは数時間もあれば、うわべの知識で知ることができよう。高潔に生きようとして、その思いを育むために己れの独房に引き籠もってもしかたない。そのようにして得られたものは、他者の助言と同様、現実に魂を導くことも、美しくすることもできない。ヒンズーの諺は教える。

「嵐の前ではなく、その後にやってくる、静けさの中で咲く花を探せ」と。

89

日々の小道を誠実に歩めば歩むほど、そこにある目立たない、ありふれた人生の隠れた真の秩序や、その美や深さを信じるようになるだろう。人がそうした秩序に感動できるのも、それが日常の至る所に遍在しているからこそなのだ。人はしだいに非日常的なものを求めることも、待ち望むこともなくなってきている。自然の静謐で単調で計り知れない大きな運動の中にある最も非日常的なものとは、人間の無知と驕りゆえの幼い欲求によるものにすぎないからだ。変化し、移ろう時の流れの中にいて、人はもうそこに、不可思議な驚嘆すべき出来事の出現を求めない。そのような出来事はまだ自分自身を、あるいはこの世の生を信じられない者にしか起きないからだ。人はもう腕組みをして超人的なことを行なう機会など待ったりしない。人間的な行為の中でこそ、われわれは生を実感できるからだ。人はもう愛が、友愛が、死が、想像の飾りに飾られて、あるいは常ならぬ同時性や前兆を伴って出現することを望まない。今や愛も死も友愛もありのままに、何一つ観念をまとわない裸のまま受け容れることができるのである。

こうした生を恐れずにそっくり受け容れるなら、そこに英雄的行為と同じ価値を見出せるだろう。つまり勇気を欠く者、無自覚な者、不安な者にとっては、崇高とも思え、常ならぬとも思えるものと同じ価値をそこに見出せるだろう。人はもう自分が世界で特別に選ばれた一人息子だとは思わない。その代わり自分の意識を拡大し、これまで驕りゆえに見えなかった、すべての事物の輝きを受け取り、美しくほほえむだろう。そして、光にみちた穏やかな気持ちになるだろう。

ここに至れば、聖テレサ[●—45]や十字架の聖ヨハネ[●—46]のような人たちの奇跡的な出来事も、神秘家たちのエクスタシーも、伝説の愛の超自然的なエピソードも、あるいはアレクサンダーやナポレオンのような人の運命の星も、この叡知ゆえの善良で健全な誠実さに比べたら――つまり感じ取れないことを感じ取るために人間を超越しようなどと考えたりせずに、感情と思考を拡大するために必要なことを日常の事物の中に見出せる、人間的で真摯なこの叡知ゆえの誠実さに比べたら――たあいのない絵空事のように思えよう。

人間以外のものになりたいと願うことによって、真の人間になるのではない。どれほど多くの人が、存在しそうもない彗星の出現を待ち望んで人生をすり減らすことだろう。数限りなくあり、誰もが目にできるからという理由で、彼らは別の星など見ようともしない。多くの場合、常とは異なることへの欲求は、普通の魂には大きな不幸だ。逆にわれわれの日常がありふれていて、どこにでもある同じようなものであればあるだけ、その普遍性そのものの中にいっそう人生の深さやよろこびを見出し、愛することができるようになり、さらには人間にいのちを与える無限の力の本質とその静けさとに、いっそう近づけるようになるのだと考えなければならない。地球の三分の二を覆っているのだから、海ほどありふれたものはない。だが、海ほど深く広大無辺なものもこの世にないではないか。ありふれた普通の人生の中に存在できないような、偉大で美しい思考も感情も行為もわれわれの中にはない。現実の中に己れの場を見出せないものはみな、まだ安逸や無知や虚栄からくる虚偽のものでしかないのだ。

90

これは叡知ある者は、叡知なき者と同等のものしか人生に求めてはならないということなのだろうか。凡庸を愛し、わずかなもので満足し、欲求を抑え、不幸になるのを恐れて自分の幸福の範囲を狭めなければならないということなのだろうか。そうではないのだ。それどころか、人間としての希望をあまりにたやすく放棄してしまう叡知など、病んだ不具の叡知だろう。人間には理性とは関わりのない、人として当たり前の願望や欲求が一つならずある。かといって、誰の目にも凡庸に映る幸福しか手にできないなら、自分は不幸だなどと思ってもならない。

叡知にみちればみちるほど、人は幸福を手中にしているという確信を容易に得られよう。幸福の最も望ましい状態は、最も単純で、何の変哲もない時だと知っておくとよい。賢者はそのような人生のもののいわぬ本質的な部分に輝きを与え、それを大切にすることを知っている。このもののいわぬ本質にしか幸福の不変のよろこびはない。だから終生われわれと共にある幸福は、けっして非日常的な幸福ではないということだ。

よろこびや希望がごく日常的な身振りで訪れ、あるいは遠ざかる日を、他の日と同様に心から迎え、愛さなければならない。われわれの所までたどり着くために、ありふれた一日は、われわれが栄光の玉座についたり、すばらしい愛のしとねにつく特別な一日と同じ世界、同じ宇宙を旅してきたのだ。そのマントの中に隠されているのは、華々しい時間ではなく、より謙虚に己れを差し出す時間である。つつましい沈黙の七日の中には、歓喜の叫びの七日と同様に、やはり永遠の時が刻み込まれている。

そのような時の中でわれわれに語りかけてくるように思える声は、実はみな、われわれ自身が語っているものなのだ。時は内気でためらいがちな旅する少女であり、彼女をもてなすわれわれの明るいほほえみや、暗いまなざしに応じてその心は喜び、あるいは悲しむ。幸福をもたらすのは彼女ではなく、われわれこそ、こちらの魂に庇護を求めにきた少女を幸福にしてやらなければならない。叡知ある人なら、やってきたこの少女に戸口でいつも何か優しい言葉をかけてやれるだろう。

自分の中に、たとえそれがどんなに小さくても、幸福へと成長する種を播《ま》かなければならない。幸福になるどんな機会も逃してはならない。初めに人々の尺度で幸福を感じ、次にそれをわきまえたうえで、自身の幸福を選び取るようにしよう。これは愛の場合と同じだ。たとえ、その愛自体はすでに失われてしまっていたとしても、初めに深い愛の体験がなければ、自分の理想の愛などわからないだろう。

見えない形で幸福になるには、時には見える形で幸福である必要もある。小さな声でしかささやきかけない出来事の声を少しずつ理解するには、ただそのためにだけでも、喜びに酔い痴れて大声で話しかける出来事の声に耳を傾ける必要も時にはある。小さな日々の出来事の声は数限りなく存在し、尽きることがない。それはどこにでもあるがゆえに、特に抜きん出て何か一つだけ現れることも、もれ聞こえることもない。叡知ある者はただ、そのような声を信じ、じっと耳を澄ますだけだろう。幸福であるということは、隠れた微笑や、無数の匿名の出来事で作られた誰も気づかない埋もれた神秘の宝石を見つけ出そうとすることにほかならない。そしてそれは、われわれ一人一人の内に埋蔵されているものなのだ。

91

しかし、臆病ゆえの慎重さほど、われわれの考えている叡知に反するものはない。やってくるはずのない理想の幸福を、暖炉の片隅でうたた寝しながら待つくらいなら、どんな幸福でもいいからそこに到達しようと行動し、その周りを空しく歩き回る方がはるかにましだ。家の外に出ようとしない者の頭上には、たいていは誰もがいやがる「喜び」しか降ってこない。だから感情の領域において、たとえば理性の許す範囲を超えようとしない者、あるいは経験ゆえの用心深さを時には振り払おうとしない者を叡知あるとはわれわれは断じていわない。初めから友情の終わりを予期して友に心を開かない者、最初から愛の破局を恐れて恋人に身を任せ切れない者も叡知あるとはいわないのだ。

二十の勇気ある行動をして失敗しようと、失うものは幸福を形成する力のうち、初めから壊れやすい部分にすぎないと考えるべきだ。そう思えば、叡知とはみな、一種純化された幸福を生成する力だということがわかるだろう。叡知あるとは、何よりも幸福への道を知ることであり、同時にその幸福そのものを少しずつ忘却していくことでもある。

人はできるだけ長い間、できるだけ幸福でなければならない。幸福の扉を通って自己を超えていく者は、悲しみの扉を通って出ていく者より千倍も自由なのだ。叡知ある者の幸福は、心にも魂にも共に光をもたらすが、悲しみは、多くの場合、心にしか光をもたらさない。だから幸福を知らない者は、夜にしか旅をしたことのない人に幾らか似ている。

また幸福の中には、不幸の中にあるものよりも深く、気高く、純粋でいっそうゆたかなつつましさがある。しかし同じつつましさといっても、中には不毛な犠牲的行為や過度の慎み、押しつけがましい貞節や無分別な放棄、盲目的な隷従や贖罪の苦行、その他あまたあるこの種の慎みは、同じ徳でもみな、あらずもがなのものばかりだ。こうしたばかげた慎みこそ、これまでずっと人間の道徳の、自然ではつらつとした水の流れを、過去の時代の亡霊がまだうろついている、活力のない濁り、淀んだ池へ誤って導いてきたのだ。

私のいうつつましさはまた、卑しい慇懃さのことでもない。そんなものは、たいていは打算にすぎず、せいぜいよくても驕りの裏返しの臆病さか、いずれ高い利子がついて付けがまわってくる、見栄を張るための借金に似ている。むろん賢者も自分の目に映る自分自身を割り引いて考えたり、他者と比べて往々にして己れの内に認められる幾つもの美点に目をつぶることが時には有益だと思う場合もなくはないだろう。しかし、それがたとえ真摯な気持ちからのものにせよ、そのような卑屈さは、うわべの人生においては喜びを増大させても、常に最も尊重すべき深い内面の誠実さからは逆によろこびを奪ってしまう。いずれにせよ、それはある種の臆病な意識の現れなのだ。叡知ある者の意識には過度の慎みも、臆病さもあってはならない。

この、あまりに個人的な卑屈さに対して、己れの霊性や魂や心から得た知を糧にして生まれる、もっと高く、普遍的で、揺るぎないつつましさがある。それは人間が待ち望んでいるものを明確に教えてくれる。またそれがわれわれ自身を小さなものと見るのは、ただ目に見える一切のものをいっそう拡大して見せるためなのだ。さらにそれは、人間の価値は彼その人にではなく、彼が見出すもの、受け容れ、理解しようとするものの中にこそあるのだと教えてくれる。たしかに悲しみもまた、このつつましさの領域の扉を開けてはくれる。しかし、それはあまりに直線的にどこか希望の戸口に導くにすぎない。われわれはその入口から先へは進めず、そこで多くの時を失ってしまう。ところが幸福はさらに先へいく。しばらくすれば、ゆとりが生まれ、ゆとりのできた幸福は、それまでわれわれが近づくこともできなかった小道へと、そっと案内してくれるだろう。

叡知ある者は最も幸福な時に、最も傲慢や欲から遠い。人間に可能なすべてのものを所有していると知る幸福な時こそ、人は知る。「人間がどのようにしてもけっして所有などできないものへ向けるまなざしを、彼が今所有しているすべてのものに向けた時、初めてそれらは真の価値を持ち始める」と。したがって、人生に対する束縛のない自由な視点の獲得は、幸福に生き続けることによって可能となる。幸福のために幸福になるのではなく、幸福への空しく、あまりに受身な期待が常にわれわれの目から隠してしまう真なるもの、それがはっきり見えるようになるために幸福にならなければならないのだ。

92

だが、この問題はひとまずおいて話を少し戻そう。

生の真実が収穫される心の領域においては、大部分の人にとって何事も無駄にはならない。ただ途中で放り出すなら、何もしない方がよい。われわれが間違いなく失うのは、常に、危険を冒してなさなかったことである。情熱は、われわれが情熱を傾けて賭けようとしなかったものを正確に奪い取る。自分では賭けずに蓄えたと思っているものを、われわれは常に失う。

他方、魂の領域には愛だけが降りていける階段があり、そこを降りたさらに奥には、やすらぎの場がある。そこには想像もつかない宝石があり、それを持ち帰るのもまた愛だ。その輝きを垣間見ることができるのは、ほんの一瞬、最愛の人に手渡そうとする時だけである。事実、それを与えようと手を開くと、特別な光明があふれ出るだろう。そして、目に見えるこの世のどんな美しい光でさえ差し込むことのない深い闇の暗部にも、その光は染み透る。

93

いつまでも過ちや喪失を悲しんで何になろう。何が起きようと、一週間がたち、一年がたち、悲しみが過ぎ去って自分に立ち返れば、誠実な人は常にほほえむことができるだろう。深い悲しみも少しずつ思い出にしていくことができるだろう。

彼が一家の父親であり、夕方仕事を終えて帰宅したとしよう。子どもたちが泣いているかもしれない。けがをする危ない遊びをしているかもしれない。あるいは家具を動かしたり、コップを割ったり、ランプをひっくり返しているかもしれない。だからといって彼は悲しんだりするだろうか。たしかに親の立場からすれば、おとなしく読み書きでもおさらいしていてくれた方がよかったろう。だが、厳しく叱りながら、どれほど分別ある父親でも、心の中では思わずほほえまずにはいられないのではなかろうか。どこにでもある子どもの悪ふざけを見て、世の父親は悲しんだりしない。家族のいる家に戻ってくることができ、家の鍵を持っている限りは、どんな悲しみも癒されないことはない。

自分に立ち返る意味は、立ち返ること自体にあって、無意識のうちに自らの魂や、精神や、心が企てたり、行なったことを自省や反省や吟味したりすることにはない。そこに戻った時、たとえ生きられた過去の時間が入口で秘密を明かさずに過ぎ去っても、あるいは部屋という部屋が旅立ちの後のように空っぽだったとしても、また、活気にみちて立ち働いているはずの者たちが指一本動かさなかったとしても、それでも帰って行く時の自分の足音に、われわれは自身のすみかへの高鳴る思いを感じ、その懐かしい空間や、常に穏やかに迎え入れてくれる忠実さを思わずにいられないのである。

94

平凡な日々があるとすれば、それはわれわれの内面にだけあるのだが、いちばん高い水準の運命の場は常にこの最も平凡な日々の内にある。そのような運命は、ヨーロッパのどこそこの地などではなく、われわれの内面でこそ過不足なく完全に活動できるからである。運命の活動の場は地理的な場所ではなく、魂の中にあるのだ。運命はわれわれの人生へのまなざしの内にあり、それは天のもたらす解けない問いと、人間の魂が出す不確かな答えとの間に生じる力のバランスのことなのだ。天の問いが高い問いかけになればなるほど、答えも穏やかなものになる。問いかけとして、どんな出来事が起きようと、答える者が叡知ある者なら、問いはすべて偉大なものとなる。そして答えも穏やかなものとなるだろう。

出来事にただ一喜一憂するだけで、宇宙の力を受け容れられない間は、人は運命について発言してはならない。愛や心の輝き、あらゆる恋愛、あらゆる情念の果てに残る唯一のものは、無限へのいっそう深い感情である。それが残らないなら、何も残っていないに等しい。大切なのは一つの感情であり、単なるあれこれの思いの寄せ集めではない。あれこれの思いは、ここでは無限の感情へと少しずつ導くあまたあるステップの一つにすぎないからだ。それがわれわれを彼方への感情に導かず、宇宙それ自体にある、存在のいい尽くせぬ歓喜をわれわれに直観させないなら、幸福はそれだけでは少しも幸福ではない。

人がある程度叡知の高みに達すると、どんな出来事が起きようと平静でいられる。初めはほかの人々のように彼を悲しませることも、結局は普通の出来事と同様に人生の偉大な感情を育てる力になるからだ。すべての事柄を私心のない、素直な驚きに変えることができる者からよろこびを奪うことはできない。たとえ奪われても、奪われたよろこびなしでも生きられるという思いそのものから、すぐにいっそう高い思いが生まれ、それが彼を光で包み、守護するからだ。

幸せな運命とは、どんな出来事にせよ、その喜びや悲しみに関わりなく、出来事を通して人が深く考えることができるようになり、魂の活動領域を拡大し、やすらぎを得て人生をおおらかに受け容れられるようになることなのだ。だから運命は、実際は愛を奪ったり、勝利へ導いたり、あるいは人を王位につけたりする偶然性の中にではなく、むしろ夜、星が無心にまたたく空や、身近な人や恋人を、あるいは心に湧いてくる数知れぬ想念を、われわれなりにどのように受け容れるか、その受け容れ方の中にあるといえるだろう。

95

以前、ある人が若さとこの世ならぬ美しさに加え、多くの才能に恵まれた、何ともすばらしい女性にこういった。

「ありあまる才能で何をなさるのでしょう。将来どんな男性と結ばれるのでしょう。私など想像もつきません。同じ運命でも、あなたのような魂の高みにある運命はそうはありません」

運命について彼は何も知らないに等しい。彼のいっているのは運命ではなく、気高い魂のことだ。おそらく彼は、ふつうわれわれが考えるように王位とか、人々の喝采とか、幸運な出来事とかを思い描いていたのである。しかし、そのようなことが人間の運命を意味するような人は、運命が何かを少しも理解していないのだ。

そもそもなぜ今を大切にしないのだろう。今を大切にしないのは、過去が何か、まるでわかっていないということだ。それはまた、己れがこの世と無縁であるといっているに等しい。もしこの世と無縁な人間として生きていくなら、いったい、そこで何をするつもりなのだろう。今という時は現に存在していて、しかもわれわれのためにあるという点で、すでに存在していない過去より優っている。今という時は、それがどうあれ、過去より叡知ゆたかなのだ。つまり、より視野が広がり、美しいということだ。

今挙げた女性が、仮に過去、ヴェニスで、フィレンツェで、あるいはローマで生きていたとしたら、その時はもっとすばらしい運命だったろう、などとわれわれは想像するだろうか。たとえば、華やかな祝宴に列席し、その場の申し分のない人々の前をあでやかな姿で歩いたかもしれない。王や王子たち、貴顕たちを足もとに眺め、また、ほほえみかけるだけでおおぜいの民衆を喜ばせ、時代の潮流に穏やかさや気品をもたらしていたろう、などと。

しかし、今の彼女の人生は、彼女をよく知り、愛してもいる数人の友人に囲まれて過ぎていく。彼女は家から外に出ないかもしれない。彼女の人生も、その考えや性格も、いつまでも変わらない忘れ難い印象など人々に何一つ残さないかもしれない。その美も、羽振りも、気丈さも彼女自身の内に、あるいは周囲の少数の人の記憶の中に埋もれたままかもしれない。そんな埋もれた魂が思いがけなく何か出口を見出す可能性もなくはないだろう。ただ、大きな価値ある生へ通じる偉大な扉が開く時でも、今はかつてのように大げさな音を立てて扉が回転するようなことはない。仰々しくもないし、扉の数も昔のようにわずかしかないわけでもない。加えて、ずっと静かな小道へと開かれている。道が以前よりいっそう彼方へと通じているからだ。

むろん、彼女の人生が今、人目につかない闇の中にあるとすれば、脚光など浴びることはないだろうが、しかし、だからといって、彼女は自らの運命を取り逃したことになるだろうか。どんな運命も、それ自体では美しく完璧なのではないだろうか。過去にまなざしを向ける時、真に強靱な魂は、いつまでも以前の勝利に酔い痴れてなどいないだろう。そこに立ち戻ることがあるとすれば、それが人生について深く考えさせ、人間の気高いつつましさを拡大するためだけだろう。栄光や愛や歓喜のたぎる思いに十分に熱せられて、熟す果実の取り入れに必要な沈黙や瞑想への愛をいっそう増大させるためだけだろう。

華々しい祝宴、英雄的な、あるいは慈悲深い、もしくは美しい行為の後に、なにがしかの思いや記憶、多少の意識の拡大のほかに、彼女にいったい何が残るだろう。この世の人間の状況についての、より平静で、また同時に、多くのことに直面しなければならなかったゆえに、より広い理解のほかに何が残るだろう。深い休息の時――それは一人になったり、夜が訪れると必ずやってくるのではなかろうか――その時、愛の、権勢の、栄光の輝かしい衣装が足もとに落ちるだろう。人は休息の場に何を持ち帰ってくるというのか。抱いた思い、得られた安堵、拡大した意識のゆたかさの多寡によってだけ、人生全体の幸福が量られる場に、いったい何を持ち帰ってくるというのか。

真の運命は、われわれの周りから過ぎ去っていくものの中にあるのだろうか。それとも魂に住むものの中にあるのだろうか。「享受する名声や権勢の威光がいかに輝かしいものだとしても」とある思想家がいっている。「外的な運命からもたらされるさまざまな思いや感情には何の意味もないことを彼自身の魂がたちまち明らかにする。そして、この世のごく自然な活動の範囲では何一つ変化せず、一新もされず、体力が増したわけでもないことを知り、己れの無力さに気づくのである。たとえこの地上を手にしたとしても、王たちはそれでもこうした狭い範囲の法則や掟に従い、ほかの者たち同様に生きることを余儀なくされる。そして彼らの幸福は、そうした狭い範囲の世界から感じ取る個人的な印象に左右されるのである」

ただ、その個人的な印象によって彼らは向上するのだから、彼らがそうした世界から感じ取るばかりでなく、「記憶する」といういい方を加える必要があろう。というのもここでいう魂は、人生のあらゆる出来事のうち、彼らを多少高め、善良にするものだけを記憶にとどめるからである。ところで、現実の気高い人生の炉床の底に常に見出される魂の糧となるこの同じ素材は、この世のどこにでも、どんな沈黙の中にでも見出せるのではなかろうか。魂の闇と沈黙の中に入ってきたものだけが、われわれの記憶に残り、われわれのものになるが、人生の中で生まれ、魂に達し、そこで感じ取られるもののどれ一つとしてこの闇と沈黙に溶け込み、われわれの糧にならないものがあるだろうか。

しかし、これ以上叡知の理に深入りすることは避けよう。外面的に輝かしい運命が人間にとって必ずしもなくてはならないものではないにせよ、それでもそこに最も大切な価値があるかのように熱望し、それを手にするためにできるだけのことをするのは間違ってはいない。叡知ある者の最大の義務は、栄光、行為、幸福、愛のすべての寺院、そのすべての邸の戸を叩くことだ。大きな努力や長い期待の果てに、どの戸も開かなかったとしても、その努力と期待の中にこそ、彼が求めていた光と感情に等しい価値のものを発見するだろう。

「行動とは」と、どこかでバレス[●—47]がいっていた。「われわれの熟考にいっそう広い体験の領域を加えることにほかならない」と。付け足せば、行動とは思考以上に、すばやく完全に考えることである。それはもはや頭脳だけで考えるのではなく、存在全体が思考と化すことだ。行動とは、思考のいちばん深い源泉を、夢の中にではなく、現実の中に湧出させることだ。しかしそれは、必ずしもこの世での勝利を意味するわけではない。それはまた、試みること、期待すること、忍耐することでもある。また同時に耳を澄ますこと、瞑想すること、沈黙することでもある。

ここで話してきた女性が、もし実際、かつてアテネやフィレンツェやローマで、今の彼女には見出せない何か名声を得る出来事や、気高い行為や英雄的な行為を行なう機会があり、現実にそのような行動への努力をし、その記憶があるなら、それらはいきいきとした貴い力となっているだろう。何かをなした記憶や、何かをなそうとする努力は、たいていは、倫理的にも知的にも無数の記憶や努力に値するいちばん高い思考より、人間の内面の多くを変化させるからだ。

事実、これが生気ある活動的な運命から得ることのできる唯一のものだろう。それは、あまりに静かな生活の眠りから覚めたことがない、あるいはその囲いから出たことのない、幾つかの感情や、ある量のエネルギーを目覚めさせ、拡大してくれる。だが、こうした感情やエネルギーがわれわれの中に眠っていると知り、また、見抜くことは、それらの最良の部分をすでに覚醒させているのではないのか。外的に幸せな運命を、その終わりにしかやってこない内的な高みからほんの束の間、すでに眺めているのではないのか。多くの嵐の後にしか運命が摘み取れない収穫の花を、前もって刈り入れているのではないのか。

96

●—48

昨夜、サン・シモンを再読しながら——これを読んでいると、高い塔から眼下の平野で何百という人の運命がさまざまに繰り広げられる様子を眺めているようだが——われわれの本能が何を幸せな運命と呼ぶかが理解できた。おそらくサン・シモン自身は、自分の意志とは無関係に、気づかぬうちにある種の畏敬を感じている若干の偉人たちの何を愛し、何を讃えているのかわかっていないだろう。彼が彼らの中に崇め、讃えた多くの美徳も、美点も今ではたしかに廃れ、取るに足らぬものかもしれない。それでも彼が特別関心を抱いたわけでもないこの数人の人物——実はサン・シモン自身、彼らに輝きを与えていた思想を容認してもいなかったが——その謹厳で情け深い、賞讃すべき数人の人物は、大王の玉座を取り巻くまばゆいばかりにきらびやかなおおぜいの人々の中に、いわば著者の気づかぬうちに紛れ込んでいたのである。

その人物というのはフェヌロンであり、シュヴルーズ公とボヴィリエ公であり、王太子ブルゴーニュ公である。彼らは大方の人々同様、取り立てて幸福であったわけではない。どんな決定的な成功も、また、どんな輝かしい勝利も勝ち取ったわけではない。たしかに彼らもまた、世間の者たちのように幸福へのときめきと期待――思うに、まだやってこないからこそ幸福を求め、期待するのだろうが――の中で生きている。フェヌロンは、あの凡庸ではあるが、抜け目なく鋭い、傲慢で気難しく仰々しい、下らぬことを重んじ、大切なことは軽んじるルイ十四世の不興を買い、咎められ、責められ、追放された。シュヴルーズ公とボヴィリエ公はその重要な職務にもかかわらず、宮廷では思慮深く意図的に華やかな舞台から身を引くようにして生きていた。王太子はといえば、祖父に当たる王の寵愛など受けなかった。ねたみ深い、権勢家たちの陰謀にさらされ、結局、青年期に勝ち得た軍における栄誉は葬り去られてしまった。虚栄と追従のはびこるあの時代の宮廷にあっては、おそらく致命的な不興や時機の悪さや不運に見舞われた。不興も不運も時代の潮流の一部なのだから。果ては、唯一、心の底から愛していたその妃の死後数日して亡くなった。彼もまた、妃同様、毒殺されたのだろう。もう期待もしていなかった寵愛の光が彼の館の階段に夜明けを告げる金色の光のようにさし始めたまさにその時、彼は、いわば雷に撃たれたように突如倒れたのである。

これが四人の人生が体験した悲しみ、幻滅、失望、困惑である。けれども、互いに深く結びついた、このもの静かな少数の人々のことを思いやる時、周囲の人間たちの、はかなく空しく変わりやすい権勢の輝きの中にあって、彼らの運命は実に美しく、うらやましくさえ映るのだ。どんな悲運のさなかでも、彼らはある共通の光に包まれている。その光はフェヌロンの偉大な魂からさしてくる。彼は讃美の、敬虔さの、正義の、優しさの、さらには愛の高い思想に忠実だった。そしてほかの三人は、師であり友でもあった、この彼に忠実だった。

フェヌロンの神秘思想がもはやわれわれ現代人のものでなくとも、ここではたいした問題ではない。同様に、われわれが今最善最高と信じる思想――倫理的な幸福や現代人の生きがいのすべての基盤となっている思想――が足もとから崩れ、その代わりに将来、今よりおそらくは人間的で確固としたものを見出すであろう後の時代の人々をほほえませることになっても、そんなことは重要ではないのだ。大切なのは人生を気高くし、輝かせることだ。そしてそれをするのは思想そのものではなく、思想が人間の内に目覚めさせる感情だ。思想は目的地であるが、その目的地は多くの旅におけるそれと同様の意味しかない。つまり、われわれをいちばん引きつけるのは旅程であり、行程であり、道中出会う人やものであり、遭遇する出来事である。ここに見出されるのは、どこにでも見出される人間の率直な感情である。

思想は人を過誤に導くこともあるだろう。しかし、何らかの思想を愛した愛は、そのわずかな光も力も過誤の中に失われてしまうようなことはなく、必ずやわれわれのもとに戻ってくる。各々が自己の内に生み出そうとしている理想の人間像を形成したり育んだりするのは、その骸骨を構成している観念の総体ではなく、骸骨に肉付けし、いのちを与える、人間の誠実さ、無私無欲といった純粋な情熱だ。真実と思うものを愛する愛し方こそ、真実そのものより重要なのである。人は思想より、愛によっていっそう善にみたされるのではないだろうか。大きな誤りであっても誠実に愛すれば、偉大な真実であってもいいかげんに信じるよりましな場合が少なくない。

こうした情熱や愛はまた、信じることの中にばかりでなく、疑うことの中にも存在するだろう。最も美しい信念と同様に、情熱ある度量の広い懐疑もある。至高と思える思想にも、底知れぬ懐疑と思える思想にも共通の最大の価値は、無条件に何かを愛する機会を与えてくれることである。私が人に、神に、祖国に、世界に、過誤に身も心も捧げ、その愛の燃え尽きた後の灰の中にいつの日か黄金が見出されるとするなら、それは愛の対象からではなく、愛そのものから生まれるものだろう。けっして消えることのない跡を残すのは、誠実な愛の純真さであり、熱烈さであり、揺るぎなさである。すべてのものは移ろい、変化し、消えていく。ただ一つ人間の心情からあふれ出る、この深く、強く、ゆたかな光のほかは。

97

「かつて誰も」とサン・シモンは、悪意と陰謀と罠に取り巻かれた者の一人にふれてこういっている。「かつて誰も彼ほどやすらかな魂の持ち主はなかった」と。もっと先で彼はもう一人の人物の「叡知あるやすらぎ」にふれている。この「叡知あるやすらぎ」が「ごく少数の集まり」と彼が呼んでいた者たちの一人一人の心をみたしていた。それは事実、最も優れた思想を忠実に守り、友愛と誠実さにみち、自分と、自分の内的なよろこびを大切にする少数の集まりだった。彼らはヴェルサイユ宮にはびこる虚栄と野望と嘘と裏切りのさなかにあって、単純で穏やかな光の中に生きていた。

彼らは言葉のごく一般的な意味での聖者ではない。砂漠や森のはずれに引き籠もりはしなかったし、求めて一人狭い独房のような所に閉じ籠もりもしなかった。彼らは賢者であり、人生から逃れることなく、現実の中に踏みとどまった。信心が彼らを救ったとか、彼らの魂の支えは神だけだったなどと思ってはならない。人の魂が動揺を断ち切り、穏やかな境地に至るには、この上なく神を愛し、ひたすら仕えるだけでは足りない。多くの人と接することで得られ、育まれ、ゆたかにされる知性や感情があってこそ、人は神を愛することができるようになるのである。そして神を愛するようになっても、魂はどこまでも人間的であり続ける。多くの見えざるものへの愛を教えることで、魂を育てることはできよう。だが純粋に人間的な心の美しさや感情は、実は聖なる美徳やその情熱より魂には常に実効ある養分となる。真に穏やかで健全な魂に出会ったら、その健全さ、穏やかさは人間的な心の美しさの賜物だと思った方がよい。

もはやこの世に存在しない人々の心をのぞき見ることが許されるなら、追放の身のフェヌロンが、夜ごと口をうるおしたやすらぎの泉は、不幸なギュイヨン[●—49]夫人への忠実な思いや、迫害されて不遇だった王太子への愛情の中にあったのであり、永遠の報いへの期待の中にはなかったということがわかるだろう。キリスト教徒としての彼の希望の中にではなく、むしろ人として優しく、人として誠実で、要するに人として純粋な彼自身の思いの中にその泉はあったのだ、と。

## 98

この「少数の集まり」の、何という心のやすらぎ。彼らにあっては、どんな美徳も山頂の炎のようにまばゆく燃え上がることはない。炎はみな魂と心の中で静かに燃え続けている。人間の偉大さとは、信頼や誠実さや愛の偉大さのことだ。それらは片時も彼らの心を去らなかったし、しかもそこには忍耐強さがあった。たまに善を行なうのに、大げさに戸を開け閉《た》てして、人前でこれ見よがしに行なう者もいれば、善が外に出てこずに、大人しい召使のように常に心に住まう者もいる。外から寒さに凍えてやってきた者たちは常に、彼らを家に迎え入れて暖炉の片隅でかいがいしく火をおこしてくれる善良な召使の姿を、後者の心の中に見出すだろう。

幸福な人生を送るには、華々しい幾ばくかの時より、単調であっても厳粛で純粋な日々が必要なのだ。熱狂的、自己放棄的な魂より、勤勉で誠実な魂の方が貴重なのだ。人生に常ならぬ出来事を期待し、その中で自己放棄や熱狂を夢見てはならない。日々の出来事の中でこそ、人は魂により多くの信頼と確信を持つことができるようになる。人生がどれほど常と異なるものであろうと、どれほど混乱したものであろうと、あるいは、どれほど輝かしいものであろうと、結局はその大半の時が日々の出来事と共に過ぎていかない人はいないだろう。日常の中でよく考え、そこに深く関わって生きる時、最も輝かしい出来事の、ごく限られた短い時がいったい何だというのだろう。そして、最も崇高な時の渦の中にも、われわれの日常のいちばん平穏な時の習慣や思いのすべてがあり、その渦を共に形成しているのだと知って誰もが驚くのではなかろうか。

常に日常の生に立ち戻らなければならない。そこにこそ揺るぎない大地があり、生の基盤の岩がある。私は毎日、死から、恥辱から、絶望から救い出してもらう必要はないが、日々の暮らしの中で悲しみが私を訪れる時、私の魂のそばにそっと近づいてくる、ものいわぬ忠実な一つの魂が——その目に真実からはずれていると映るものや、移ろいやすく根が浅いと見えるものには少しも関心を払わない一つの魂が——どこかに存在しているという思いを抱かずには生きていけない。

たしかに、機会あるごとに勇気ある行為や、この上なく寛大な行為を行なうのはすばらしいが、常に低級な思いに引きずり込まれず、派手ではないが、全体的に確かな足取りの人生を生きることは、いっそう賞讃に値するだろう。そしてそのためには持続的な努力が欠かせないのである。

われわれの道徳的な完成の目標を、時には心の中でそっと日常的な真実のレベルに置いてみようではないか。そうすれば、多くの場合、日常的にわずかな悪もなさないように心がけることは、時たま偉大な善を行なうより難しく、日々人を悲しませないようにすることは、時たま人を喜ばせるより難しいと気づくだろう。

99

彼ら「少数の集まり」は互いに心の支えになったのはいうまでもないが、それにも増して一人一人が己れの中にやすらぎの場を、サン・シモンのいう「堅固な岩」を持っていたのである。そしてこの岩の盤石な部分は、彼らの心の純粋さの領域にほかならなかった。この種の「堅固な岩」は幾重にも重なり、無数のものから形成されているが、より高い中心の部分は常に心の純粋さの領域にあるのではなかろうか。たしかに純粋さの判断基準など当てにならないことが多いし、世の中には自分では堅固な岩だと信じて——実は哀れなほど小さな岩のかけらにすぎないのに——夜ごとほんの一時《いっとき》そこに登って得意になる俗悪な連中もいる。しかし私がここでいっているのは、人として当然の行ないの次元の話ではなく、もう少し高い徳のことだ。ただ、それがどんなものかは平凡な人間がいちばんよく知っている。まれにしかなくても、そうした徳の特徴は、どれほど狭量な者も自分はそんなものは知らないとは絶対にいえない点にある。したがって最も崇高な行為とは、最もたやすく理解できる行為である。すばらしい世界の高みへ登ることがどうしても必要なのではない。非とすべき卑しく低い次元で、惰眠をむさぼらないことが不可欠なだけなのだ。

だが、わが賢者たちの心のやすらぎに話を戻そう。

人生の多くの幸不幸は、最終的には運命の手にゆだねられているが、心の平安には運命の支配の手は及ばない。そうしたやすらぎの家を作る魂もあれば、破壊する魂もある。また、やすらぎを求めて見知らぬ家々を一生さまよい続ける魂もある。とはいえ、それぞれの魂の生まれつきの性向は変えられないにせよ、やすらぎの家を作るために一つ一つ石を積み上げていくことから得られるよろこびを、それをしないでいる魂が知るのは無駄ではない。数々の思い、執着、愛、確信、失望、疑いでさえ、すべてがこの家の材料になる。そして嵐が奪い取り、粉々に打ち砕いたとしても、それらは、少し離れたところに今度はより謙虚な、しかし人生を生きていくうえではいっそう住みやすい家を建て直す材料として、もっと適したものになるだろう。

悲しみ、悲嘆、失意から精練された最も叡知にみちた堅固な「石」を材料に選んだ者の家を、どんな悲しみや悲嘆や失意がなおも揺るがすことができよう。別のたとえでいえば、内的な幸福の根は大樹の根のようだ。樫や楢の木は、嵐にたびたび襲われても耐え抜いて、ついには永遠の大地にしっかりと根を張り、そこからゆたかな養分を得るに至るのである。人間に不当に襲いかかってくる運命も、魂の中で起きていることまでは知ることはできない。大地深くで何が起きているのか風が知らないように。

100

ほんとうの幸福の力がどんなものか、その魅力がどれほど深いか、ここで探ってみるのも興味深いだろう。

この「少数の集まり」の一人が、陰謀や白々しい外交辞令、くだらぬ情事やつまらぬ勝利で頭をいっぱいにして得意になったり、喜んだりしている連中の群がるヴェルサイユ宮の大理石の階段を通って壮麗な大広間にやってくると、時折サン・シモンの饒舌な話しぶりの中に、ある種の沈黙が生まれることがある。サン・シモンが何もいわなくても、人はある穏やかで強靭な魂の自然なまなざしを通してたちまち宮廷の実のない虚栄や、きらびやかだが、はかない喜びや、怯えと裏腹の表舞台の多くの偽りがわかるだろう。

子どもたちがしてはいけないといわれている遊びをしている時、たとえば花をもぎ取ったり、踏みつぶしたり、なっている果実を盗もうとしたり、何もしない動物をいじめて遊んでいる時、司祭や老人が——口に出して叱責こそしないが——現れると生じる状況と似たようなことがここでも起きているのである。つまり遊びは即座に中断されるのだ。自分たちのしていることに気づいてうろたえ、あわてふためき、思わず忘れていた自分たちの務めや現実や真実に目を向けるからだ。もっとも大人たちは、ふつう、子どもたちに比べて、遠ざかる老人や司祭をいつまでも眺めていないし、しだいに薄れる呵責の念など長い間持ち続けることもない。だが、そんなことはどうでもいい。重要なのはとにかく彼らが見たという事実だ。まなざしをそらそうが、わざと目をつぶろうが、人の魂には本来沈着さ、冷静さがあり、一般に考えられているよりも気高く、それゆえに、こちらが相手の魂の関心を引こうとしてうまくいかなかった時でさえ、一瞬のうちにこちらのすばらしいものを即座に見抜いているからだ。

賢者がそばを通り過ぎていく間、たとえ人々がおしゃべりに気を取られていても、賢者は無意識に周囲の過誤と虚栄を、思いのほか深く、たやすくは消えない叡知へと導いているのである。たとえば悲しみに沈んでいる時、それは不意に思いがけなく魂に蘇る。サン・シモンの話を読んでいると、幾らかは純粋で、多少は生気ある魂が悲嘆に暮れると、多くはかつてそのような清い生き方に対する周囲のうさんくさげな沈黙や軽蔑に近い驚きのまなざしにさらされながら通り過ぎていった、あの少数の賢者の一人の所に行って涙している。

自分が幸せだと思っているうちは、人は幸福について考えたりしない。しかし、ひとたび苦しみの時がやってくれば、以前の自分たちと同じ水準で今幸せな者たちの所へなど行かずに、きらびやかな光にも、愛の拒絶にも、王の非難にも動じることのない平安の住まいのことを、自然に思い出し、そこへ赴くだろう。運命の嵐が大きかろうと小さかろうと、それが去った後でも残る幸福がどんなものなのか、もうわかっているからだ。

ほんとうの至福のありかを知りたいなら、悲嘆に暮れた者たちが心の慰めを求めてたどる道をたどり、それをけっして見失わないようにすればいい。悲しみは、たとえば隠れた鉱脈や水脈を探す者が往時に使った占い棒に似ている。それを持つ者に、いちばん深い所にある平安のありかを教えてくれるからだ。ここに嘘はない。だからもし、悲嘆に暮れた人々が慰めを求めて訪ねてこないなら、またやってきても、たえずまどろむように燃え続けるランプの美しく静かで揺るぎない叡知の明かりを彼らが戸口に見出せないなら、われわれは己れの魂のやすらぎの質を疑わなければならない。ほんとうに心が平安かどうかを、人生の大きな定めを誠実に受け容れているかどうかを、そしてそのよろこびが真実のものかどうかを、再度疑ってみなければならない。

このようなハードルを超えられる者たちだけが、自分が平安だという資格がある。そうすれば悲しみに沈む人々はみな、彼らのもとにやってきて涙を流したいと思うだろう。彼ら叡知ある者は世界のどこにでもいる。悲しみの涙でまなざしが浄められ、根源の神秘が見えるようになったら、もてはやされることや、ひと時の華やかさからではなく、人生を広く受け容れることから生まれる幸福が、いつも自分たちの目の前にあるのがわかるようになる。そしてその時初めて、叡知ある者たちの心のほほえみも見えるようになるだろう。

多くの場合にいえることだが、ここでもまた、心からの希求とやむにやまれぬ欲求が人の感性を鋭敏にするのである。飢えた蜜蜂は巣穴のいちばん奥の見えない蜜を見つけ出す。悲しみの淵にある魂は、深い沈黙や黙想の中に隠れた歓喜を垣間見ることができるのである。

101

高い意識が覚醒し、それが働き始めると、その人の運命が姿を現す。ここでいう意識とは、大半の人の魂の貧しく受動的な意識ではなく、進んで出来事を――たとえそれがどんなものであれ、投獄を天の恵みとして受け容れる女王のように――受容しようとする能動的な意識である。何も起きなくても、見方を変えて、何も起きないということを受容するなら、人はそのことで、すでに偉大な出来事を生み出す可能性を持っている。しかし実際は、最も旺盛で貪欲な意識でさえも受容できないほどの量の出来事が人には起きるのが常であろう。

今ここに、襲ってくる出来事はみな、喜びにせよ悲しみにせよ、そのすべてをしっかり受け容れた勁い情熱的な魂の持ち主の一人の伝記がある。その持ち主とは、十九世紀前半における最も並みはずれた、誰も異論の余地のない才媛、エミリー・ブロンテのことである。彼女はただ一冊、『嵐が丘』という不思議なタイトルの小説を残した。

彼女は、英国の聖職者、国教会牧師パトリック・ブロンテの娘だった。この男は考えられる限り無能で、行動力を欠き、それにもかかわらず、やたらにうぬぼれの強いエゴイストだった。彼には人生で大切に思えたことは二つしかなかった。自分のすずやかなギリシア的な横顔の美と胃袋の消化具合への気遣いだけだった。彼女の哀れな母親の方はどうかといえば、夫の自慢の横顔をほめ、二人で胃袋の消化具合に気遣いながら毎日をすごしていたらしい。

いずれにせよ、エミリーを生んで二年後には他界しているのだから、母親の暮らしぶりをここであれこれいってもしかたあるまい。ただ一言――たとえそのことによって、女性は毎日の生活においては、自分がいいなりにならなければならない男性より、たいていは、常に優れているということを改めて証明するにすぎなくても――いい添えておきたい。つまり、無能でうぬぼれの強い牧師に従順そのものだった彼女の死後何年も経って一束の手紙が出てきたが、その中で彼女はうんざりしながら、あけすけに夫を非難している。その冷淡な性格を、うぬぼれを、エゴイストぶりを。もっとも他人の欠点に気づくには、気づく側にもそれがあるはずだし、長所を見出すには、見出す側にもその萌芽がなければならないだろうが。エミリーの両親とは、おおよそこのような人間だった。

彼女には四人の姉妹と一人の兄がいた。彼らの毎日は変化もなく重苦しいほど単調に過ぎていった。ヨークシア地方のヒースの茂る、暗く荒涼として、寂しく、貧しく、不毛なホワースという小村で一家は暮らしていた。そしてそれがエミリーの生活のすべてだった。エミリーと四人の姉妹の幼年時代と青春時代ほど、打ち捨てられ、悲しく単調なものはなかった。彼女たちには、時と共に大きくふくらみ輝きを増す、人生の愛すべき思い出という尽きることのない、魂の唯一の宝となるはずの小さな恋も、思いがけない出会いもなかった。毎日毎日、朝起きて、家事をし、勉強をして、母代わりの老いた伯母を手伝い、食事をし、それから手に手を取って、だが、ほとんど口をきくこともなく、大人のように重苦しい表情をして小さな娘たちは、ある時は花をつけ、ある時は雪をかぶったヒースの荒れ地を散歩した。

何の感情もない冷たい父——食事は自分の書斎でとっていた——を家の中で見かけることは少なかった。ただ、日に一度、夜になると牧師館の居間に下りてきて、大声でイギリス議会の死ぬほど退屈な討論を読み上げた。家の外には周囲の墓地の沈黙と、木一本はえていない広大な荒地と、北風が年中吹き荒れている丘が果てしなく広がっていた。

長い間一つところに住み続けた人々がそうであるように、彼女もまた、この荒涼とした土地をしだいに深く愛するようになり、空も大地も草木も、みなすばらしく、己れの存在を主張している、この世に二つとない場所だと思うようになっていた。が、巡り合わせから——何らかの巡り合わせのない人生などないのだから——エミリーはこの土地を数回離れたことがある。しかし二、三週間もすると、彼女の燃えるような美しいまなざしから、火が消えたように生気がなくなってしまい、そのたびに姉妹の誰かがあわてて父の住む人里離れた寂しい牧師館へまた連れ戻さなければならなかった。

一八四三年、二十五歳の彼女は、こうしてまた牧師館へ戻ってき、死ぬまでそこを離れなかった。この最後となる帰還まで、彼女には恋愛はおろか、愛の微笑一つ、その期待すらなかった。愛ゆえの悲しみや失望もなかった。一般に意志の弱い人間、人生に対して本質的なものを多く欲望しない人間は、そうした不幸や失望に打ちのめされると、壊れてしまったものを無抵抗に受容するのが美徳の行為だと思うようになるものである。また何一つ行為せず、ひたすら悲しみの中に閉じ籠もっていればいいと考えたり、あるいは、苦しみから見出せる限りの悲しみとあきらめを得られれば、人間としてなすべきことをしたと信じるようになるものである。

だが、この過去を持たぬ、清く純白に塗られた壁面のような魂には、思い出もあきらめも、執着すべきものは何もなかった。最後のこの時期の、後にも先にも何一つなかった。ただ無為と抑えきれない哀れな情念によって破滅した兄、救い難いほどアルコールに溺れ、阿片を吸って、すでに狂人に等しかった兄の看護という惨めで、ひとかけらの希望もない出来事のほかには……。

こうして十二月のある午後、小さな牧師館の白壁の面会室で、彼女は二十九歳の誕生日を迎えようとしていた。暖炉のそばで長い黒髪をくしけずっていた時、ふと、くしが火の中に落ちてしまった。が、彼女にはもう拾う力がなかった。死は彼女の生よりさらに静かな足取りでやってきた。運命が彼女のそばに残しておいた二人の姉妹は色を失い、エミリーをきつく抱きかかえたが、姉妹の腕の中から運命は、穏やかに彼女を奪って、天へと召していったのである。

102

「大いなる運命の膝に抱かれたあなたの生涯には、ひとかけらの恋も、わずかな名声も、束の間のやすらぎさえありませんでした」と、声をふるわせるように美しい悲しみの思いを込めてメアリー・ロビンソン嬢はエミリーの生涯を綴っている。たしかに外面的に眺めれば、エミリーの人生ほど暗く、味気なく、空虚で、生気ないものもなかろう。

それでも、彼女の人生の真実を掘り起こし、評価し、賛同し、愛するにはどの方向から考察したらよいのだろう。もし荒地に孤立した小さな牧師館から少しでも目をそらし、エミリー自身の魂の方にまなざしを注ぐなら、いま一つの光景が見えてくるだろう。このように外的には何事もない人間の魂の生を読み取るのは、そうたやすいことではなかろう。しかし魂は一週のうちに、あるいは一年のうちにやってくる出来事とはまったくといっていいほど無関係に、それ自身の生を生きている。そう考えていい。『嵐が丘』は、エミリーの魂の情熱や欲望や秘めた思いの実現、あるいは魂の内省や理想の風景であり、そこには要するに彼女の真実の物語が語られている。たとえば二十もの雄々しい生き方が。二十もの幸福な、または不幸な人生が。それらを高揚させ、もしくは鎮めて、なお尽きない力や情熱、情念や愛や数々の冒険にみちた物語が語られている。

外的な出来事はみな立ち止まりもせず、彼女の住まいの玄関先を素通りしていった。現実には何も起きなかった。が、彼女が体験してもけっして不思議はない出来事は、どれもみな彼女の内面で比類のないほど確かに、力強く、豊饒に、美しく起きていたのである。何一つ起きていないように見えても、彼女にはすべてのことが、大部分の人々におけるよりも、もっと個人的に、もっとリアルに起きていたのではなかろうか。なぜなら、エミリーの周囲で起きるすべてのこと、目にし、耳にするすべては、彼女の中で思考や感情、生へのおおらかな愛や讃美や熱愛へと変貌したからである。

出来事が雨のように自分の家の屋根に降ってこようが、隣家の屋根に降ってこようが問題ではない。天上の雲から注がれた雨は、それを自分の内なる入れ物に受け容れた人自身のものになる。深く内省できるようになった者だけが、運命の営みの中に幸福や美を見出し、不安をやすらぎや心身のエネルギーへと変えることができるのである。

エミリーには恋愛一つなかった。やってくる恋人の、胸高鳴らせる足音など聴いたこともなかった。未婚のまま二十九でこの世を去った彼女は、しかし愛を知り、愛を語り、そのとてつもない秘密の奥深くにまで分け入ることができた。人を最も深く愛した者たちでさえ、エミリーの語る愛の言葉や高揚感や神秘――それに比べれば一切のものは束の間の色あせたものに思える――を知る時、自分たちの心に燃え上がる激しい炎の思いを、何と名付けてよいかわからないほどだ。物語中のあのキャサリンの言葉を、心の中以外のどこでエミリーが聞いたというのか。周囲の誰もが憎み、嫌っていたにもかかわらず、キャサリンだけは熱愛したヒースクリフについて、乳母のネリーに話したあの比類のない言葉を。

「わたしのいちばん深い悲しみは、ヒースクリフの悲しみだった。わたし、初めからずっと彼のすべての悲しみを見てきたし、感じてきた。わたしのいちばん気高い思いも、彼の気高い思いなの。たとえ何もかも滅びても、彼が滅びないなら、わたしも滅びない。たとえ何もかもあっても、彼がいないなら、わたしには世界はもう手のとどかない見知らぬものになってしまう。そこにいてもいないように感じる、きっと。リントンへの愛は、森の葉むらのようなものよ。わたしにはよくわかるの。冬になれば木の葉が枯れるように、時が経てばそれは変わるわ。でも、ヒースクリフへの愛は変わることなんかない大地の下に眠る岩に似ている。目を楽しませてはくれないけど、なくてはならないものなの。ネリー、わたしはヒースクリフなの。あの人はいつもわたしの中にいる。わたし自身、自分にとって常によろこびであるわけじゃないのだから、わたしのよろこびとしてじゃないの。わたし自身としているの。……彼を愛するのは、男らしいからなんかじゃないわ。わたしより、もっとわたしだから。魂が何でできているか知らないけど、何でできてたって、彼とわたしの魂は同じものよ」
恋の現実的な側面について、エミリーはほほえましくなるほど無知なのに、その深みにある内的なことのすべてを――熱烈な愛の中にある底知れぬ、理屈を超えた、不可解で、予測もできない、永遠に真実なもののすべてを――彼女はどこで知ったのだろう。『嵐が丘』の中で運命に導かれた二人の恋人の、あの狂気の沙汰。たとえば、優しい思いから苦しめたいと思い、残酷な思いから束の間、喜ばせたいと思う。愛の至福のさなかで死を求め、死の絶望の淵で激しく生のよろこびを味わう。愛に変わる嫌悪と、嵐のような嫌悪に変わる愛。憎しみを伴った愛と、強い愛ゆえに、のたうち回る憎しみ。こうした相反する心の動きをどこで知ったのだろう。普通なら、燃える愛欲の強い絆で結ばれて三十年も生きなければとてもわかるわけがなく、あれほどまで確信をもって、あれほどまで正確に大胆に描きようはずもないことを……。

103

しかしながら、エミリーの短い生涯のすべてが明らかな今、彼女は誰一人愛さなかったし、誰からも愛されなかったことがわかっている。では、ほんとうなのか。生の真実の言葉は、運命が存在の最も奥深い部分にそっと語りかけるというのは。外部の生とまったく同様に、リアルで、明確な細部を持ち、一つ一つわれわれに体験される内部の生があるというのは。ほんとうなのか。体験せずに体験すること、心待ちにする対象なく愛すること、拒む対象なく憎むことができるというのは。ほんとうのことなのか。すべては魂だけで十分であり、高い段階においては、決定する力を持つのは魂だというのは。一つ一つの出来事が、つらく空しく思えるのは、高い意識がまだ覚醒していない者にとってだけなのだというのは。

われわれが生涯の道のりで探し求めるすべてのもの、たとえば愛も幸福も美も、さまざまな出会いもみな、エミリーの心の中には同時に存在していたのではあるまいか。目で見える、あるいは手でふれられるよろこび一つ、感動一つ、微笑一つないまま、毎日が過ぎていった。けれども、エミリーは一人の人間として、みちたりた生を送っていたのである。心の中では、活動していないものは何もなかった。そこには常に光と、ものいわぬ歓喜があった。心は自信や好奇心や生気や希望にみちていた。

疑いもなく、エミリーは幸福だった。内なる真情を吐露する時、彼女は魂の永遠の収穫を読む者にもたらしてくれる。さまざまな幸福、束の間のものとは異なる、真にいきいきとした完璧な幸福を知っているこの世の最良の人々と同じように……。愛や、悲しみや苦しみ、情熱やよろこびの体験が、実際には何もなかったとしても、それらを体験した後に、われわれの感情の中に残るものはみなエミリーは持っていたのである。光り輝く美しい宮殿に住んでいても、ものの見えない人間と、宮殿にはたった一度しか入ったことはないが、目を見開いて入った人間の、どちらがほんとうにすばらしいものを体験したことになるだろうか。彼女にとって、「体験するとは体験しないこと。生きるとは生きないこと」にほかならなかった。

だが、この言葉を誤解しないようにしよう。心の生活がなくても生きていくことは可能だが、生きていなければ心の生活も可能ではないからだ。ただ出来事の幸不幸を決定するのは、それに対するわれわれ自身の考え方である。強靱な者にとっては、それは自分自身で直接出来事から引き出してくるものだ。柔弱な者にとっては、他の人間が引き出してきたものである。つまり借り物なのだ。生涯にわたって、われわれにやってくるこの世の幸不幸は数知れない。そうした出来事が訪れても、内面が成熟しておらず、出来事がそこで高い倫理的な意味を持つに至る変化を遂げられないなら、その時こそ、人は文字通りの意味で、自らにこういわなければならない。「たぶん自分はこれまでほんとうには生きていなかったのだ」と。

104

したがって、断言してもいいが、彼女の内的な幸福は、すべての人の内的な幸福と同様、まさに世界と善へ向けられた彼女のまなざし、つまり彼女の世界観と倫理観から生まれたのである。これこそ運命という、多くの困難の待ちうける森の中に見出される、よろこびと休息の場としての林間の空地である。それはまた、幸福の尺度でもある。人がどのくらい幸福であったかを知るには、人生の終わりにこの空地の広さを測りさえすればいい。

エミリーの魂が到達した比類のない洞察力と穏やかさへ至ったら、誰であれ、物事を純粋に見る目を曇らせる涙となる、取るに足らないささいな失望や不安や悲しみで目を泣きはらすことはなくなるだろう。その時、彼女が一生壊れやすいちっぽけな幸福を求めてさまよう世の大部分の女性のようには涙したりはしないことがわかるだろう。木こりが枯れ枝をいつまでも背負い続けていれば重荷になるように、壊れた幸福など、やたらに持ち歩けば、心の重荷になるばかりだ。そもそも枯れ枝は背負うためのものではなく、焚きつけてまばゆい炎にするためのものだ。エミリーの魂の中の燃え上がる炎を見れば、エミリーと同様、人は一瞬たりとも枯れ枝の暗く重い悲しみを想像することなどないだろう。すべての人と同じように苦しみ、悲しみつつも、その悲しみや不幸の背後に、大いなる自然界のわざを見、そのわざだけが真実であると知るに至った者にとっては、終わりのない不幸も、癒されぬ悲しみもない。

「賢者が、己れの人生の苦しみを口にすることなどあり得ません。彼はそのすべてを自由にできるのですから」と、自身、苦しみをくぐり抜けてきた賞讃すべきある女性が書いている。「彼は自らの人生全体を鳥のように俯瞰《ふかん》します。ですから、もし今日彼が苦しみを感じるとしたら、それはほかでもない己れの魂の、まだ未完の部分を思ってのことなのです」

エミリーはわれわれの前に、愛、善意、誠実さの一方で、悪意、憎しみ、執拗なまでの復讐心や計算ずくの裏切りを同時に存在させてみせた。その仕方は徹底している。中途半端な妥協は真の理解の半分にしか至らないからだ。彼女は見つめ、受け容れ、愛する。悪も善も、受け容れ、愛する。なぜなら悪とは、要するに、反対方向に向かった善にほかならないから。彼女はわれわれに教えてくれる――世のモラリストの押し付けがましい決まり文句のようにではなく、人と歳月が、人間なら誰でもわかる生きた多くの真実を教えてくれるように――最終的には人生に悪意などあり得ないということを。自然界や死には万物のものいわぬ秩序が存在し、それこそが「個々の小さな生の形態を支配している」ということを。

彼女はまた、どれほど巧みで巧妙で、誰もが信じる嘘であっても、真実と対峙した時には――たとえ、それがこの世でいちばんささやかで、愚者でさえ知っている真実であっても――嘘が無力であることを教えてくれる。あるいは憎しみの無益さを教えてくれる。憎しみは破壊しようと思っていた未来へ、気づかぬうちに幸福と愛の種を播くものだから。

彼女はまず、生まれ持った遺伝的な性格の動かし難い大いなる定めを語り、われわれを寛容の地平へと導いていくだろう。そして物語の最後に至って、彼女は村の墓地にある主人公たちが眠る墓を訪れ、「殉教者」の墓石も「迫害者」のそれも、同じ草に覆われているのを見、目の前の無関心で平和な大地の中でこうして眠っている者たちの休息を乱すものがあるなどとは、とても考えられないと思うに至るのである。

105

ここで問題にされているのが天才的な女性であることは私も承知している。しかし、天才というのは、誰にでも可能性としてあり得ることを、あるいはすでにあることを、われわれの前に普通より明確に提示する能力以外の何ものでもない。そうでなければ、それは天才などではなく、単に無意味な過剰か狂気にすぎない。物事を見る目が深まれば深まるほど、天才は異常なものを通して現れるのではなく、日々の生活のさまざまな体験から得られたものを通してこそ、現れるのだとわかるようになる。いずれにせよ、ここでは文学が問題なのではない。エミリーに慰めをもたらすのは彼女の文学ではなく、内的な生だ。倫理的な生、つまり、生き方と直接関わらなくとも、往々にして優れた文学というものはあり得るのだから。もしエミリーが文学に頼らなくとも、それと同じ魂の力を、はつらつさを、あふれる愛を、自己のたどるべき道を知っている人のやすらかな微笑を、さらには大きな不安や悲しみを通して魂の高い穏やかさへと至った者の確信を持つことができたら、彼女は沈黙を守っていただろう。ペンなど取りはしなかったろう。そして、われわれも彼女を知ることはなかったろう。それですんでいたはずだ。

　彼女の引っ込み思案な人生が教えてくれることは一つや二つではないが、これを何もかもあきらめがちな人々の手本として示してはならない。そんなことをすれば、彼らを誤らせる結果になりかねない。待つことが彼女の一生だったが、必ずしもすべての人にとって待つことが正しいわけではない。エミリーは未婚のまま二十九で生涯を閉じるが、すべての人が一生未婚のままであってはならない。誰しもまず初めに、人として運命を全うするために可能な限りのものを、自分の運命のために調えるべきだ。作品ができそこないでも、人生が十全な方がよい。虚栄心の満足や無益な喜びなどなくてもいいが、人間が本質的に幸福であるための大切な機会をわざわざ遠ざけるのは愚かなことだ。努力してなお不幸な魂には、高貴な悲しみを育む機会が残されている。己れの人生をいくらか広い視野に立って眺めることは、悲しみの内にあってすでに、いつかその悲しみを超えて大空へ飛び立つための翼を鍛えていることにほかならない。

　エミリーには、おそらく人生での努力が欠如していたのだろう。魂には考えられる限りの大胆さ、情熱、自立心があるのに、人生の舞台では彼女は引き籠もり、臆病さの、無口、無為、無関心の、それから、あれほど内心軽蔑していた偏見のかたまりだった。これは過度に内省的な魂にありがちな話だが、ともあれ、人生自体の善し悪しを安易に決めつけてはならぬだろう。とりわけエミリーの場合、若い盛りの時期を、あの恥さらしの、だが哀れでもあった、身を持ち崩した兄への献身的な介護に捧げたことは、けっして小さな出来事ではなかったはずだ。したがって、これはごく一般的ないい方でしかないのだが、われわれのすべてにとって魂から人生への道のりは実に長く、狭いのだ。思いの中で抱かれる数々の正義や愛、誠実さや大胆さは、森の中の樫や楢のどんぐりにたとえられようか。無数のどんぐりが空しく森に散らばり、たった一本の木にも成長せずに、苔の中で腐り、消えていく。

「彼女には」と、さきほどその言葉を引用した女性が、別の女性にふれていっている。「彼女には美しい魂と、すばらしい知性と、繊細な心とがあったのですが、残念ながらそれは、彼女の非常に狭く窮屈な性格を通してしか外に現れることができませんでした。これは優れた洞察力の持ち主には必ずといっていいほど見受けられる欠点です。現実の自分自身に立ち返って考えられないのです。そのような人が己れの人生を語ろうとする場合、まず自分のものの見方、理解の仕方、感じ方などから話し始めます。するとその人の魂の気高さがわかります。それから実際の人生に話が及び、具体的に自分の毎日の行動や悲しみや喜びを一つ一つ語ります。ところが、そうしたものの中には、初めに話してくれたその人の信条や理念から一瞬きらめいた魂の輝きの痕跡はもう見当たりません。現実の行動や衝動が介入するとたちまち狭い性格が顔を出し、魂、つまり本人の高い次元の思いは、姿を消してしまうようです。日々の仕事で手が節くれだつくらいなら、いっそ貧乏暮らしをした方がましよ、などと思うお姫さまみたいなものです」

106

だが、手が節くれだつほど動かないなら、何一つなされないのだ。思考の金や銀で、おとぎ話の象牙の門など開ける鍵ではなく、自分の家の門を開ける鍵を作らないなら、何一つなされないのだ。夢の清らかな水を入れるばかりでなく、屋根の上に落ちる、あの手でさわれる物質の水をも入れられる器を、その金や銀で作らないなら、何一つなされないのだ。われわれが未来になすであろうことの重みを漠然と示すだけの天秤ではなく、今日なしたことの重みを正確に指し示すことのできる天秤を作らないなら、何一つなされないのだ。

高い理想も、われわれの身体の隅々にまで達し、一本一本の指先にまで及ぶことがないなら、ひと時のはかないものにすぎない。内省が知性の役に立つだけの人々もいれば、それを通して心ゆたかになる人々もいる。問題が彼ら自身に及ばない場合に限り、あるいは行為と無縁である場合に限って、優れた洞察力を発揮する人々もいれば、現実の中に足を踏み入れ、行為こそ最大の関心事となる時、美しい輝きを帯びる人々もいる。

一方には、不動の玉座に永遠に鎮座し、あるいは横たわり、気まぐれで、まだるい使者を通してしか意志力と関わりを持たない知的な意識があり、他方には、常に自分の両足でしっかりと大地に立ち、いつでも歩き出すことのできる生の意識がある、といえるかもしれない。しかし実際は、後者の意識は前者のそれに依拠している。つまり生の意識とは、長い休息の間に学べるだけ学んでしまい、飽きあきして、立ち上がって「無為の階段」を降り、現実の生に身をさらす決心をした知的な意識にほかならないのだ。知的な意識が、追い立てを食うまでいつまでも自分の殻に閉じ籠もらない限りは、このメカニズムはすべてうまく循環するだろう。

だが、ひたすら思考にかしずき、萎縮してどんな行為もできずにいるより、思考を無視して行為する方がずっと好ましい場合もある。行為においては取り返しのつかない誤りなどまずないといっていい。人も物もすばやく立て直しがはかれるからだ。しかし現実との接触を一切避ける思考の中の行為なき誤りに対しては、策の施しようがない。

しかしだからといって、ただ生の意識が訪れるまで、知的な意識を抑え、その過度な成長を避けねばならないというのではない。臆せず人は、現実を超えた大きな理想を抱かなくてはならない。ほんのわずかな正義や愛の行為へと人を動かすにも、内なる善意という大河のエネルギーが必要だ。われわれの行為が単に誠実であるためにも、内面の観念がその行為の十倍も優れていなければならない。小さな悪を避けるにも計り知れない善意が必要だ。日常生活の中に降りてこなければならない観念ほど、元の力が目減りしやすいものはない。だからこそ、それが行為の中で失われずに最大限の力を発揮するには、元の思考そのものが強く大胆なものでなければならないのである。

最後にもう一つ、暗く日の当たらない運命についてふれよう。そのような運命はわれわれに、たとえこの世の大きな不幸のさなかにあっても、取り返しのつかないものなど何一つないのだと、与えられた運命を嘆くのは常に己れの魂の貧困を嘆くに等しいのだと、教えてくれる。

古代ローマ史を繙《ひもと》くと、ガリアの元老院議員であったユリウス・サビヌス[50]が皇帝ウェスパシアヌス[51]に対して反乱を起こし、鎮圧されたことが記されている。エポニナという若妻を残してゲルマン人の中に逃れるのはたやすかったろうが、彼は妻を無慈悲に見捨てることができなかった。悩み苦しみ、その中で彼はおそらく人生の二つとない真なる価値に気づいたのだろう。だから自らの命を絶つこともしなかった。

彼には田舎に別邸があり、その地下に彼と二人の解放奴隷しか知らない大きな洞窟が掘ってあった。彼はその別邸に火を放たせた。そして、自分が服毒自殺をし、死体は炎に焼かれたといううわさを広めた。エポニナもそれにだまされた、とプルタルコスは伝えている。私がここで借用している話はアントニヌス朝史研究家、シャンパニー伯が補完したものによることをお断りしておくが、解放奴隷マルティアリスが彼女に夫の自殺を告げると、彼女は三日三晩地に泣き伏し、水一滴口にしなかった。彼女の悲しみを知ったサビヌスは哀れに思い、自分が生きていることを伝えさせた。当然ながら彼女は夫の喪に服すことをやめずに、昼は人々の前で嘆き悲しみ続け、夜は夫の隠れ家を訪れた。こうして七か月の間、地下の穴蔵の夫のもとに通い続けた彼女は、そこから夫を救い出そうとして、彼の髯と髪を剃り落とし、頭に巻き紐を巻いて変装させ、衣類の束といっしょに運び出させて自分の故郷の町に連れてきた。しかし、すぐに町にいるのは危険が多すぎるとわかり、また元の地下の隠れ家に連れ戻したが、彼女の方は時には田舎に住み、夫と共に夜をすごしたり、時には町に住み、親しい女たちの所に姿を見せたりした。やがて子を孕んだが、身体に塗った膏薬のおかげで周りの女たちは、いっしょに水浴した者たちでさえ、それに気づかなかった。

産気づくとすぐに地下の夫の隠れ家に降りていき、産婆なしで、たった一人で雌ライオンが巣穴に子を生み落とすように双子を出産した。双子は母乳で育った。この同じ暗黒の隠れ家で彼女は九年間夫も養った。

しかし、サビヌスはついに見つけ出されてローマへ護送された。明らかに彼に対してウェスパシアヌス帝の寛大な計らいがあるものと誰もが信じていた。エポニナは地下で育てた双子の息子を連れて皇帝に訴えた。「わたしはこの子たちを生み、育てました。おおぜいで、少しでもおおぜいで、ご慈悲を乞いたい一心でした」

その場の聴衆はみな涙した。が、皇帝は冷厳だった。このガリアの気丈な女は、追い詰められ、慈悲を請うどころか、最後には夫と共に死ぬことを願うに至る。「わたしは」とエポニナはいった。「夫と共に、闇にあっても幸福でした。皇帝であるあなたが、日の光をいっぱいに浴びて、ローマの栄光のさなかで幸福であったよりもっと、幸福でした」

108

エポニナの言葉を誰が疑えよう。これほどまで愛の光輝にみちた闇を誰がめでずにいられよう。おそらく彼らは地下の隠れ家で惨めな、おぞましい時を少なからずすごしたことだろう。その人生によろこびなどほんのわずかしかなかった者たち、しかし、それを心から大切に思ってきた者たちが求める愛は、ぬくもりのない、外面的には光と暖かさはあっても、真のぬくもりのない愛などであろうはずがない。彼らが望むのは、冷たい墓穴のような所でも熱を失うことのない、まことの愛だ。

エポニナの賞讃すべき叫びは、愛を知ったすべての人々の、あるいは魂が魅せられて、そのためなら何もかも抛《なげう》ってかまわないと思う感情や、希望や、義務を人生に見つけ出すことのできたすべての人々の叫びにほかならない。深い暗黒の底で彼女に勇気を授けた炎は、浅い日常の表面でも賢者に力を授ける炎と同質のものだった。愛は人間の魂の無意識の太陽である。このいちばん純粋で、熱く、変わることのない炎は、しかし、正義や雄々しさ、美や真理を求める熱烈な魂が己れの内に増大させようとする炎に驚くほど似ているのである。

エポニナの心に意識せずに生まれた幸福の感情は、善なる人なら誰もが自らの心に招くことのできるものではなかろうか。己れを忘れること。悲しみを微笑に変え、あきらめなければならなかった楽しみの数々を心の炉の中で真なるよろこびに変容させること。毎日の中に潜むほんの少しの光――何かがそれに照らし出されると思わずはっとさせられる――あの日常のささやかな光に意味を見出すこと。そして、愛すれば愛するほどその領域を拡大できる光やよろこびに浸りきること。これらがみな彼女の心にこの上ない慰めをもたらしたのである。

これと同じもの、同じように甘美な救いの力は、心や魂や思考の営みがもっとはつらつとしてくれば、われわれの中にも存在し得るのではなかろうか。エポニナの愛は、ある種の意志を超えた予期せぬ、過剰ともいえる生の輝きだったのではなかろうか。愛はふつう「思考」したりはしない。多くの場合、一切の熟慮や内省の頭越しに一気に思考の最良の部分をそっくり享受してしまうものだ。にもかかわらず、愛の最良の部分は、思考の最良の部分と見紛うばかりなのである。

エポニナは、強い愛ゆえに、苦しみのさなかにあっても、そこに存在する光の側面を見据えることができた。だが、悲しみや苦痛の内にあって、なおそれを超えたところで深く思い、瞑想し、そこにまなざしを向け、外面の運命がどうあろうと、それを超えてなお幸福に振る舞うことは、愛がわれ知らず天性のよろこびからなすだけのことを、意図的に確実に行なうことではないだろうか。
エポニナの苦しみの一つ一つは、地下の洞窟の松明の火となった。同様に、外界から逃れて生きる魂にとって、已れ自身に立ち返らせてくれる悲しみは、その一つ一つが大きな慰めの松明の火となるのではなかろうか。人間は一人一人みな、この気高いエポニナのように異教の迫害に似た苦しみや悲しみにさらされている。だから苦しみや悲しみは、この世を支配する異教の死刑執行人にたとえられるのではあるまいか。容赦なく殉教者の女性に拷問を加えても、彼女から失われることのない健気さ、気品に圧倒されて、思わずその前にひざまずき、優しくいたわり、御身と共に苦しみたいといい、ついには、熱く抱き締めて、神への道を乞うに至る死刑執行人に……。

109

どこへ行こうが、天空のもと、われわれの生の流れは、たゆみない河のように滔々と流れていく。それは栄光と幸福にみちた宮殿の脇も流れれば、光は当たらぬにせよ壁に囲まれた狭い牢獄の中をも流れる。重要なのは、絶えることのない、すべての人に平等に流れるこの河の広さや深さや力ではなく、水を汲むためにそこに入れる器の美しさや、大きさなのだ。流れから汲み取られた水は必ず器の形になる。そしてその器は、われわれの思考と感情によって形成される。思考と感情こそ、古代の彫刻家が作った盃が女神の乳房《サン》の形をしていたように、内なる運命の母胎《サン》となる。

人は自ら作った器を持つ。そしてそれは、たいていの場合、自分で自分にふさわしい形にしたものだ。誰も運命をかこつことはできない。もしできるとすれば、与えられた運命の中で、より大きな、より完成した器の理想が抱けず、そこへ至りたいと渇望できなかった場合だけだろう。人間に差異があるとすれば、この渇望のあるなしの違いだけだ。しかしこの差異は、こちらがそれに気づけば、すぐにもなくなり始めるだろう。

この渇望は、より高いものに純化できると知るなら、それだけでもすでにこれを高めているのではないだろうか。そして高められた渇望を抱くことで、各人の運命の器は浄化され、その結果、今ある器の狭く硬直した縁は広げられ、より大きな理想の姿に近づくのではなかろうか。そして死を迎える時になって初めて、この柔軟な器は最終的に冷たくなり、固まって、不動の姿になるだろう。

より熱い感情、より寛大な気持ちが今はなくても、それを望むなら嘆く必要はない。あと一歩幸福へ、美へ、正義へ至る力が今はなくても、それを望むなら嘆く必要はない。望むことは、選ばれた者たちの至福とほとんど変わらぬ価値があるのだ。人はそれぞれその身にふさわしいよろこびを味わい、背丈に合った衣服をまとう。内なる望みなくして、今ある幸福より大きな至福はまとえない。人は何かへの渇望そのものの中で、その何かをじょじょに所有していくことになるからだ。

もし私が、生の大河の最も輝きにみちた流れに、私の器より重厚ですばらしい器を入れて、水を汲み上げることのできる人々の幸福に畏敬と憧れのまなざしを向けるなら、それだけで私は気づかぬうちに、彼らが汲み取ったものすべてのすばらしい分け前に与《あずか》る。私の口は彼ら優れた者たちのそばで、共にその器から飲むことができる。

110

「将来どんな男性と結ばれるのでしょう」と才能ある女性に、ある人が尋ねたということは少し前に書いたが、覚えている方もいるだろう。この同じ問いを、エミリー・ブロンテや、ほかのおおぜいの女性にもすることはできたろうが、世の中には将来の伴侶について、この種の問いにふさわしい年頃が何事もなく空しく過ぎてしまう優れた善なる魂も数多く存在する。そして大部分の人が嘆き、悲しみ、空しく待ち望み、杞憂し、過度の期待に胸ふくらませ、運命に弄ばれるのも、この愛の幻想においてなのだ。この種の幻想の根にはしかし、多くの驕りが、多くのにせものの詩が、多くの嘘が存在する。

一般に、自分を理解しようと少しも努力しない魂が人からも理解されないものである。ふつう不安や失望、気難しさや、ささいな侮りばかりの中で生きている魂の抱く理想は、独りよがりの、虚弱で、痩せたものだ。自らの思想や徳性、精神の質や美が己れの存在に深く根づいていない場合、それらを貶められたり、見くびられたりすることを人は恐れる。その段階にある精神的な価値は、物質的な財産と変わらない。その人の欲求は、己れの財力などではとても及ばないものをむやみにほしがる。だから改心しかけた悪党は、少しばかり目覚めたにすぎない人間的な誠心を、すぐにも人がほめそやさないといって驚き、不満をもらす。しかし、深く浄化され、自己にこだわらず、ほんとうに誠実な心になれば、あるいは、その人の思いが常に、たやすく虚栄心や本能的な利己心を超えることができるようになれば、周囲の人々が自分をほめようが、讃えようが、理解しようがまったく意に介さなくなるだろう。

エピクテトスも、マルクス・アウレリウスも、アントニヌス・ピウスも、人に理解されないといって嘆いたことはなかった。彼らは自分たちには、驚くべきものや、人に理解できないものがあるなどとは思いもしなかった。それどころか、自分たちの美徳の最高のものでさえ、誰もがたやすく受け容れられるものの中にこそあるのだと思っていた。彼らが心にも留めず——彼らの無感動の中にはほとんど常に高い理由があるから、もちろん理由あって——無視するのは、われわれが信奉しすぎる硬直した善である。人が有難がる善、押しつけがましく、崇めることを強要する善は、どれもこれも硬直した善だ。そんなものは、けれんみのない健康な悪より不幸をもたらすことの方が多い。いずれにせよ、それは真理からいよいよ遠のき、真理から遠のけば希望などそこにはあり得ない。われわれの理想は、いのちあるものになるにつれ、いっそう多くの現実を受け容れられるようになる。魂が向上するにつれ、己れにふさわしいほかの魂に出会えないことに不安など感じなくなるものだ。向上した魂は真理に近づき、真理に近づけばすべてのものは、真理自体の持つ気高さを帯びるからである。

どこも同じように白く輝く天の光を浴びながら、第三天に至る間、ダンテは何も動いていないのを見、突然、自分が止まっているのか、あるいは神の至高の座へと再び向かっているのか、わからなくなった。その時、ベアトリーチェを見つめると、いっそう美しくなったように見えたので、そこに近づいたことを知った。同様にわれわれもまた、真理への道をどの辺りまできたかは、われわれの人生に伴うすべての事柄に向けられた探求心や、愛や、畏敬や、賞讃の気持ちの増大によってわかるのである。

111

人はふつうよろこびや美、真実や愛を求めて旅立ち、空しく戻り、身のほどを知って自らに満足し、子どもたちにこう語ることができるようになるだろう。「お父さんには、どれ一つ見つからなかった」と。

不満な思いには多くの驕りがある。われわれの大半は、人生と愛とは与える以上のものを奪うのだという思い上がりがあるゆえに、それらに不満をぶつけるのである。たしかに愛にも、ほかのことにも、可能な限り高い理想は必要だが、確たる心の現実に見合っていない理想など、どれも体裁のいい、無益で不毛な幻想にすぎない。

そのような幻想が二つ、三つあったら、もうそれだけで人生は枯渇する。魂の高さは、憧れと夢の大きさで測られるなどと思ってはならない。一般に、精神の虚弱な者が強靱な者より、はるかにきれいで、多くの夢を見るものだ。彼らのエネルギーや活力のすべては気化し、夢想と化すからだ。日常の高い理想は、価値ある生き方が問題となる場合、それが過去の生の深みや、あるいは経験を積み、人間的に成長した堅固で現実的な志向に根ざしたものでない限り、重んじるに足りない。そのような条件をみたした時、外的な現実の、光にみちた野に一瞬にせよ、人は理想の苗木を植えることができる。それは永遠の鍾楼と、束の間の時の織りなすその影との間にある関係を知るために、影の長さから実際の大きさを測定しようと鍾楼のわきにそっと立てた一本の杖に似ている。

112

高貴な心が大きな愛を待ち望むのは自然なことだろう。だが、待っている間も愛し、待っていることなどすっかり忘れて愛する方がもっと自然だろう。人生においても愛においても、待つことは常に空しい。愛は愛を通して学ぶべきだ。誰もが知る、あのたくさんの小さな愛の火が燃えては消え、燃えては消えして、そのたびに幻滅の闇を糧にして、大いなる揺るぎない愛の炎はすくすくと育って、後の人生を照らし出すだろう。

人は幻滅を正しく見ないことが多い。そこに悲しみと失望の蒼ざめた顔しか見ない。しかし、それは真実の最初のほほえみなのだ。善意の人なら、正しい心で人の役に立ち、賢く、幸福でありたいと願うだろう。そのような人が、自らの幻想が壊れ、目覚めて深い悲しみに沈んだとしたら、以前の幻想にまた逆戻りしたいなどと思うだろうか。真実の世界よりも、過誤の世界に生きたいと思うだろうか。

強い意志力のある人々でさえ、その最良の時の大半は、運命の法則から目を背けるために、きれいではかない夢を抱き続けて空しく失われる。そして力尽き、やっと真実の美に気づくのである。たとえ愛に挫折しても、「愛とは今ないもの、これからもあり得ないもの」と死ぬまで思い続けることが賢いとは誰も考えまい。この種の無益な考えは、われわれの最も大切な行為の価値を損ない、到達しようとしている真実を部分的にせよ、いつまでも覆い隠す結果にならないだろうか。もし何か立派なことをしようと思い、挫折して身のほどを知らされたとしよう。だが、挫折という真実の使者を一生呪うのは間違っていないか。つまり、もし幻想自体が真摯なものであったなら、それが求めたものは、まさしく真実だったのではないか。

数多くの挫折を目に見えないおおぜいの頼もしい味方として、もしくは変わらぬ忠告者として受け容れられるようにしよう。ことのほか耐え難い幻滅が、瞬時にわれわれを打ちのめしたとしても、「人生は夢ほど美しくない」などといって嘆いてはいけない。むしろ「人生に受け容れられなかったのだから、自分の夢に何かが欠けていたのだ」といえるようになろう。強い魂の賞讃すべき力の源泉は、ただ潔く迎え入れた幻滅にこそある。失望の、かなわぬ愛の、無に帰した希望の一つ一つがみな、その人の真実の重みに、なにがしかの重みを加えるだろう。そしてその重量によって幻想が地に落ちれば落ちるほど、いっそう気高く揺るぎないものとなって大いなる真実が姿を現すだろう。冬の森の、葉が落ちた枝々の中に太陽が神々しい雄姿を現すように。

113

大きな愛を求めて、相手の魂をただ夢で探していれば、夢のように美しい魂と出会えるなどと信じられるだろうか。空虚な欲望、望み、空想を山のように積み上げて、それと交換に明確な表現を、果断な行動をよこせというのは正当な要求だろうか。しかし、われわれはほとんどみなこの要求をする。もし思いがけないすばらしい幸運によって、理想を実現できる人物に出会えたら、われわれの行為なき霞のような憧れも、それ以後はずっと出会った人物の行動力や決断力から生まれる現実に同化し、実現されるなどと幻想を抱く権利がわれわれにあるだろうか。己れの理想を自身の手で可能な限り実現させた後でない限り、自らを超えた理想など求める機会は生じない。

誠実で深みがあり、優しく忠実で、汲み尽くせないほどゆたかな魂、度量が広く、いきいきとして率直かつ、自由で勇気があり、しかも思いやりがあって、寛大な魂、そのような魂と同じ誠実さや忠実さ、同じ人生や思考、同じ愛や自由、同じ勇気や率直さ、あるいはまた、同じ思いやりや寛大さがないなら、その魂を認知し、そのまなざしを引きつけることなど期待できるだろうか。今挙げた一つ一つの価値を愛し生きた魂と同じ精神の風土の中で、少なからぬ歳月を生き、愛さないなら、どうしてそれが理解できよう。

まだ低い欲を抜け出せないでいる善や美徳や倫理的な理想ほど、物事が見えず、満足なことができないものもない。また、あれこれうるさい要求を並べるものもない。もし理想の魂を見つけ出したいなら、まず自ら求める理想の姿になろうとすべきだ。それ以外に方法はない。そして実際にそこに近づけば近づくほど、それが利己的な望みの期待していたものとは、常にまったく違っていることに気づくだろう。この認識へ至ることは正しく、また、すばらしいことなのだ。

生きていく中で理想が実現されるにつれ、理想はいっそう拡大し、和らぎ穏やかなものになって、向上していくだろう。そうなれば己れ自身の内にある紛れもない美を、堅固な善を、変わらぬ真実を、愛する人や事物の中に難なく発見できるようになるだろう。心に善が育っていないなら、周囲の善に気づくこともないからだ。こうして、しだいに他者の粗暴な言葉や行為が、こちらの虚栄心や利己心や無知を傷つけなくなる。粗暴な言葉や行為がもはや自分の中になくなれば、他者の中にあるそうしたものも気にならなくなる。他者の悪に寛容でいられないのは、われわれの中にも同じ悪があるからだ。

114

人生と同じように愛を信じようではないか。われわれは、もとより深く信じるように造られているのだから。何より有害なのは、すべてに不信感を抱き、疑いの目で見ようとすることだ。

私は愛によって破滅した人生を一つならず知っているが、その人生は仮に愛によらなくとも、たとえば友情によって、無気力、不決断、ためらいによって、あるいは無関心や無為によっても早晩破滅していただろう。愛は心の中のもろい部分だけを破壊する。もしすべてを破壊するなら、その心のすべてが、あまりにもろかったのである。自分の人生が破滅したと、これまで一度も思わなかった人間はいないだろう。しかし思いの中ではなく、実際に破滅した者たちは、たいていは、何か己れの破滅を外に誇示することによって不幸になったといわなければならない。

たしかにほかの運命同様、愛の中にも多くの幸福な、もしくは不幸な偶然が働いている。感情にも精神にも活力がみなぎり、優しさと人間的な善なる情熱にあふれた人間には、歩き出した人生の初めにすでに、求めなくても永遠のよろこびの高まりの中で愛のすべての願いを――高いものから低いものまで、小さなものから大きなものまで、永遠なるものから束の間のものまで、激しいものから穏やかなものまで――かなえてくれる魂との出会いがあるものだ。与えれば、たえずこちらの最良のものを受け容れてくれる心の存在にすぐに気づくだろう。比類のない、常に熱い渇望にみちた魂を――与えられれば、一生それを実際の千倍のものとして受け取ってくれ、また受け取ったものは、常にそれを千倍にして返してくれる魂を――初めから得ることができるだろう。いつまでも変わらぬ愛は、美しいまでに不公平で逆説的な交換から成り立っているからだ。そこでは相手に与えたものが自分のものになり、受け取ったものは、もはや自分一人だけのものではない。

115

そこまで非の打ちどころのない幸福な愛も時にはあるかもしれない。しかし、誰でもこれを欲する権利は幾らかあるにせよ、人生にそれだけを望むのは間違いだ。ふつう、人のできることはただ一つ、いつかそのような愛に値するように常に準備しておくことだ。この準備の過程で期待はいっそう忍耐強くなるだろう。むろん、このような人が若い時から老いるまで、ずっと壁の前を――その向こう側には語ることも、こちらに出てくることもない幸福が隠れている壁の前を――行きつ戻りつして一生を終えることもあり得よう。だが幸福が壁の向こう側にあるということは、こちら側には不幸と絶望しかないということだろうか。向こう側に幸福を予感しつつ人生を歩むということは、それだけで一つの幸福ではなかろうか。己れの中に冷たく、空しく、価値のないものを積み上げ、壁を作って、いつまでも大きな愛から隔てられたままでいるより、むしろ自分と、自分が望んでいるその愛との間には、いわば向こう側が透けて見えるような、そして、事によると壊せるかもしれないある種の巡り合わせの壁があるにすぎないと思う方がよくはなかろうか。むろん花を摘み、持ち帰れる者は幸いだ。かといって、見えない花の床しい香りの中を、辺りが闇に包まれるまでそのありかを探して歩き続ける者は不幸だなどと、哀れむ必要は少しもない。

そうあり得たであろうほど幸福でないからといって、人生は失敗だろうか。そのすべての価値と意味を失ってしまうだろうか。あるべき愛の最良の部分が今自分にないといって嘆く人も、かつてはそれを他者にもたらしたことがあったかもしれない。そしてさきほど述べたように、魂は自ら与えるものしか所有できないなら、常に与える機会を窺っていること自体、すでに幾らか所有していることではないだろうか。たしかに、長い歳月をへてなお色あせない美しい愛ほど、この世で望ましい幸福はないと私も思うが、そのような愛が得られなくても、その愛にふさわしい者になるために行なった行為は、心のやすらぎのために、もしくは、その後の人生をもっと健気で澄んだ魂の静けさの中で生きるために無駄にはならないだろう。

116

それに人は常に愛することができる。ひたむきに愛するなら、愛のよろこびのすべては得られなくはない。ただ、固く結ばれた完璧な愛においても、恋人同士の幸福はまったく同じというわけではない。他より多く愛した者が、明らかによろこびは優るのだ。より幸福なのは、より多く愛した者だ。

人はまた、恋人に対して、その人にふさわしい者にならなければならない。相手の幸福のためより、自らの幸福のために。ただ均衡の取れない惨めな愛において、より多く傷つき苦しむのは、より正しく叡知にみち、寛大で純粋な気持ちで愛した者ではない。より善なる者が哀れむべき犠牲者になるようなことはない。人は犯した罪や過ちや不正の犠牲者になることはあっても、それ以外には犠牲者になるようなことはない。たとえ、どれほど高い愛に応える力が足りなくても、優れた女性に愛される分には不都合はないが、逆に、その人を愛するとなると、彼には手のとどかない不相応な人になってしまう。いつか物語で読んで憧れの思いを抱いた、栄光と歓喜と愛にみちたヒロインたちのように、すばらしい知性と魂に恵まれた女性と運命的に巡り合えても、現実の生の中でその知性や魂を認識し、愛する力がないなら、それは存在しないに等しい。ここでいう現実の生とは、すべての男性にとって、まさしく彼自身の生にほかならない。

男性の誠実さに包まれてこそ、女性の誠実さは花開く。そして、彼の真なる思いは、今度は彼女の真なる思いに包まれてやすらぐだろう。女性の善なる力を受け取れるのは、男性の善なる力だけである。けれど、もし女性の善なる思いが男性の心の入口で同じ善なる思いに出合えなかったら、彼女は携えたよろこびを誰に手渡せばいいのだろう。

117

自身の愛の運命がどんなものであれ、勇気を失ってはならない。とりわけ、「愛の幸福を知らないのだから、自分には人生でいちばんすばらしい幸福はわからない」などと考えてはいけない。幸福の水が河になろうが、地下に潜ろうが、急流や湖になろうが、その水源はただ一つ、心の内にしかない。不幸な人でも幸福な思いを心に抱くことはできる。

愛の中にはたしかに愛と無縁な人が窺い知れない高揚があるにはあるが、もしまことの愛を求めてそのような高揚を超えた何か深く、確かで揺るぎないものをそこに見出せないなら、真摯で誠実な心にとって、そのようなひと時の陶酔は、ただ悲哀を残すばかりだろう。ところで、愛の中にあることの「深く、確かで揺るぎないもの」とは、高い人生の中にあるそれと同質のものなのである。

誰もがこの世で偉大になり、賞讃され、成功をおさめ、天才に恵まれ、あるいは、そこまでいかなくとも、ただ幸せであるように生まれついているわけではない。しかし、人々の中でどれほど恵まれぬ人生を生きる者でも、正しく、誠実で、優しく、友愛にみち、寛大になることはできる。どれほど天分に乏しい者でも、悪意や、ねたみや、恨みや、無益な悲しみなど少しもない、澄んだ目で人や物を見ることはできるようになる。どれほど不運な者でも、人々の幸せの中に黙って加わることはできるのである。しかも彼の沈黙は、必ずしも幸せにとって意味のないほど小さなものではない。どれほど無分別な者でも、無礼を赦し、過誤を大目に見、人間的な行為や言葉に感銘を受けるほどの分別はある。どれほど愛されない者も、愛を愛し、大切にすることはできる。

そのように振る舞うことは、あの泉に――幸福な人たちも、幸福の絶頂にある時に自分たちがほんとうに幸福なのかどうかを確かめるために驚くほど何度も訪れ、水を飲むあの泉に――同じように身をかがめ水を飲むことなのだ。運命がほほえみかけることのなかった人々の正直でつましい人生にも、それ以外の幸福な人々の愛の至福にも通底する永遠に損なわれることのない堅固なものはそう多くはない。そのわずかなものとは正義や信頼、人間的な優しさ、誠実さ、寛大さに尽きる。

愛はこうした一つ一つの光をいっそう輝かせる。だから愛を求めなければならない。愛には穏やかで優しい、あの何か名状し難い真実に目を開いてくれる偉大な力がある。愛にはまた、われわれが数知れぬさまざまな人々の中に愛することも讃美することもできず、そうすることを思いつきもしなかった美しさを、ただ一人の人の中で愛し、讃美する機会を与え、未来へと人の心を押し広げてくれる偉大な力がある。

けれども、この愛の奇跡の根底には、ただ単純なよろこびがあるだけなのだ。自然な優しさや思慕の感情、誰でも持つことのできる信頼や安堵や誠実さ、賞讃や献身があるだけなのだ。そして、もし己れの心のとげを少し和らげ、いらだちを抑え、少し明るく、少し快活に生きようとするなら、たとえ不運な人生でも善なる心は、悲しみの底でこの愛の奇跡をきっと体験できるだろう。

## 【訳注】

●—1　ジョルジェット・ルブラン——作家モーリス・ルブランの妹。女優。メーテルリンクとは一八九五年に知り合い、関係は一九一八年まで続く。彼のドラマに出演したばかりでなく、作家活動全般に大きな影響を与えた。スペイン人の夫がいたが、カトリックの戒律のため離婚できなかったといわれている。メーテルリンクとの思い出を綴った『回想録』がある。

●—2　エピクテトス——五〇頃〜一三五頃。ローマ時代のストア派の哲人。奴隷であったが、後に解放され人を教えた。単なる「知識」ではなく人間として真の哲学の必要や、運命を静かに受け容れることなどを説いた。

●—3　サン・ジュスト——一七六七〜九四。フランス革命期の政治家。ロベスピエールを讃え、地方政治に携わる。一七九二年、国民公会(訳注20参照)に選出され、モンターニュ(山岳)派に属す。「恐怖政治の大天使」といわれるほど大胆な政策で知られるが、後、反ロベスピエール派の台頭により処刑される。

●—4　アントニヌス・ピウス——ローマ皇帝。在位一三八〜一六一。人格者として知られる。ちなみに彼の養子マルクス・アウレリウス『自省録』一章十六などから、その人柄の一端がうかがえる。

●—5　マルクス・アウレリウス——ローマ皇帝。在位一六一〜一八〇。後期ストア派の哲人でもあった。「慈悲に富んだ明君」といわれ、その著『自省録』は有名。運命の静かな甘受を説き、メーテルリンクとの、とりわけ本書との関わりは深い。

●—6　テルシテス——『イーリアス』に出てくる卑しい人物。指揮官アガメムノンに反抗し、口汚くののしる。

●—7　アトレウス——ギリシア神話の人物。

ミュケナイ王。アガメムノン(次注参照)とメネラオスの父。その子孫は肉親同士の謀殺や姦通といった無惨な犯罪を繰り返す運命を担わされた。

●—8 アガメムノン——ギリシア神話の人物。トロイア戦争におけるギリシアの総大将。アルゴス城主。トロイアから勝利して帰るが、トロイア遠征の際、娘イフィゲネイアをいけにえに捧げたため、妻クリュタイムネストラに殺された。

●—9 オレステイア三部作——アイスキュロス作『アガメムノン』『供養する女たち』『慈しみの女神たち』の総称。アガメムノンが妻に殺され、息子オレステスが今度は父の復讐のため母親を殺し、復讐の女神エリニュスに追われ、女神アテナの取り計らいでなだめるまでを描いた三部作。

●—10 イオカステ——ギリシア神話の人物。テーバイの女王。ライオスの妻、オイディプス(次注参照)の母であるが、(父と気づかぬ息子に殺害された)ライオス亡き後、知らずにその息子(オイディプス)と再婚し、エテオクレス、ポリュネイケス、アンティゴネ、イスメネを生むが、後に事実を知り自害する。

●—11 オイディプス——ギリシア神話の人物。テーバイ王。誕生の際の予言どおり、知らずに父を殺害し、母を妻としたが、真相を知り、自ら両目をつぶし盲目となり、放浪のうちに死んだ。

●—12 『パイドン』——プラトン中期の対話篇。副題は「魂について」。死刑を宣告されたソクラテスが執行直前まで、訪れた弟子たちに「哲学者の仕事とは、魂を肉体から解放」することであり「死ぬことの練習をしている」のだから「死んでいくことは……少しも恐ろしくない」といい、イデア論、想起説を通して冷静に霊魂不滅を論証していく。さらに(プラトンがピュタゴラス学派の影響を受けたとされる)死後の生や輪廻転生にまで対話は発展する。

●—13 プロメテウス——ギリシア神話の巨人。神々から火を盗み、人間にもたらしたためゼウスの怒りにふれ、岩に縛られ毎日肝臓をワシに食われた。これを題材にしたアイスキュロスの『縛られたプロメテウス』は有名。
●—14 オルフェウス——ギリシア神話の詩人。竪琴の名手。霊魂不滅を説くギリシアの密儀オルフェウス教の開祖。亡き妻エウリュディケを連れ戻しに冥界におもむくが、途中禁を破って振り返ったために永遠に妻を失った。
●—15 アンティゴネ——ギリシア神話の人物。オイディプスとイオカステとの間の娘。王位を争って破れ戦死した兄ポリュネイケスの屍を、埋葬の禁を破って葬ったため洞窟に閉じ込められ、そこで自ら命を絶つ。同名のソフォクレス作の悲劇で知られる。
●—16 テイレシアス——ギリシア神話の盲目の予言者。テーバイの人。『オイディプス王』『アンティゴネ』『オデュッセイア』などに登場する。
●—17 エピクロス——前三四二頃〜前二七〇頃の古代ギリシアの哲学者。サモス島の人。アテナイで「エピクロスの園」という学園を建て哲学を教えた。快楽主義で知られるが、彼の説く快楽とは、死の恐怖や外的なものに煩わされず、欲望を抑えた精神の平静さであった。
●—18 フェヌロン——一六五一〜一七一五。フランスの思想家、大司教、教育者。ボヴィリエ公の娘たちの教育を任され、それを機にルイ十四世の孫、王太子ブルゴーニュ公の教育係に抜擢されたが、教材として書かれた『テレマックの冒険』が絶対王政批判の嫌疑をかけられた。またギュイヨン夫人(訳注49参照)の説く静寂主義に傾倒、それを擁護し、大司教ボシュエと論争。一六九七年、宮廷から追放された。二年後、ローマの裁定も彼を非とし、断罪した。著書は他に『女子教育論』など。なおフェヌロンとその周辺の人々について本書98章以下で語られている。
●—19 ヴェルニョー——一七五三〜九三。フランス革命期の政治家。弁護士であったが、後にジロンド県の地方政治で活躍。九一年、立法議会議員に選出され、ジロンド派結成に参加。指導者として、ロベスピエール率いるモンターニュ派と渡り合う。生来の穏健さから国王処刑猶予を主張する。他にも革命裁判所設置に反対するなど、過激なモンターニュ派との対立が深まり、処刑された。
●—20 国民公会——フランス革命期に設置された議会。一七九二年九月—九五年十月まで続く。議員は普通選挙で選出された。その右派がジロンド派、左派がジャコバン議員が中心のモンターニュ派。それに加えて中間派から構成されていた。
●—21 ジューベール——一七五四～一八二四。フランスのモラリスト。死後、生前親交のあったシャトーブリアンによって出版された『随想録』などがある。「私の書物は詩として読んでほしい」と日記に記しているように、その澄明な思考と繊細な筆致は現代の詩人や批評家から高く評価されている。
●—22 ロイスブルーク——一二九三～一三八一。中世フランドルの神学者、神秘思想家。著作に『霊的婚礼の飾り』など。この書をフランス語に訳したメーテルリンクの「ロイスブルーク論」が『貧者の宝』（拙訳／平河出版社）に収められている。
●—23 ハデヴィーク——十三世紀フランドルの修道女。ベギン会の人。中世の修道女によく見られる性的陶酔に近いイエスとの接神体験を持った人らしい。
●—24 アリステイデス——前五二〇頃～前四六八頃。古代アテナイの政治家、軍人。前四八九・八年のアルコン（最高指導者）。清貧、清廉なことで知られる。陶片追放の際、彼の追放を願う文字の書けない百姓に自分の名を陶片に代筆してやったという逸話がある。
●—25 ジャン・パウル——一七六三～一八二五。ドイツの小説家。空想に富み、悲しみやユーモアやアイロニーにあふれた庶民生活感情をいきいきと描いた。作品に『巨人』、評論に『美学入門』など。
●—26 スウェーデンボルグ——一六八八～一七七二。スウェーデンの科学者、神秘思想家。初め数学や自然科学を研究していたが、五十代半ばに自らの霊性に目覚め、心霊や霊界研究に没頭した。彼の死後ロンドンで「新エルサレム教会」という神秘的な宗派が創設され、教えが広まった。
●—27 コンモドゥス——ローマ皇帝。在位一八〇～九二。父マルクス・アウレリウスと共同皇帝として治めていたが、父の死後単独皇帝になる。怠惰、不道徳、残忍、放埒であったことで知られる。乱行が目立ち、ついには側室らの手で暗殺された。

●—28 ティモレオン——前四一〇〜前三三七。ギリシアの政治家、軍人。シラクサの解放者。僭主の専制やカルタゴ軍からギリシア人を守ったことで知られる。晩年は老齢と失明のため公務から退きシラクサの地で名声につつまれながら世を去ったと伝えられている。

●—29 アエミリウス・パウルス——前二二八頃〜前一六〇。第二次ポエニ戦争で戦死した同名の将軍の息子。ローマの執政官。前一六八年、第三次マケドニア戦争でペルセウス軍を破った。

●—30 アナトール・フランス——一八四四〜一九二四。フランスの詩人、作家。高踏派の詩人として出発するが、小説に転じ、社会主義者となる。ドレフュス事件（一八九四）ではゾラと共にドレフュス擁護に立ち上がった。一九二一年、ノーベル文学賞受賞。作品に『シルベストル・ボナールの罪』など。

●—31 ペルセウス——マケドニア王。在位前一七九〜前一六八。前一六八年、それまで長くもちこたえてきたローマの攻撃に敗れ、サモトラケで捕らえられた。

●—32 小カトー——前九五〜前四六。ローマの政治家。前五四年の法務官。ストイックで潔癖なまでの共和制擁護者として知られる。独裁制の流れに対して妥協せず、事あるごとにカエサルやその周辺と対立するが、内乱はカエサルの勝利に終わり、主義を貫いて自殺した。

●—33 トマス・カーライル——一七九五〜一八八一。イギリスの思想家、歴史家。ゲーテ、シラーなどドイツの詩人や哲学者の影響を受け、功利主義や唯物論を鋭く批判した。作品に『英雄と英雄崇拝』など。

●—34 エルネスト・ルナン——一八二三〜九二。フランスの宗教史家、セム語の文献学者。主著『キリスト教起源史』七巻。その第一巻が有名な『イエス伝』。

●—35 コルネイユ——一六〇六〜八四。フランスの悲劇詩人。義務に殉ずる意志力の強い英雄的な人物を描いたことで知られる。作品に『オラース』『ポリュークト』など。ポーリーヌは『ポリュークト』の登場人物で、ポリュークトの貞節な妻。

●—36 クルティウス——古代ローマの伝説上の英雄。いい伝えによると、前三六二年、フォロ・ロマーノ（ローマの公共広場）に突如巨大な深淵が口を開けたが、ローマにとって最も大切なものをそこに投じない限り、口は閉じないであろうと占断された。「勇敢な市民こそ得難いローマの財産である」といいつつ武具を身につけ、馬にまたがり淵へと身を投げた。直後に口は閉じたという。

●—37 ダンカン（一世）——スコットランド王。在位一〇三四〜四〇頃。配下の武将マクベスに暗殺された。シェイクスピアの作品はこの史実による。

●—38 エロー——一八二八〜八五。フランスのカトリックの批評家。時代の科学万能主義に対し、神秘家たちを擁護した。著書に『人間』『不可思議な話』など。またメーテルリンクより早い時期（一八六九年）にロイスブルークの翻訳を試みている。

●—39 ジョン・ラスキン——一八一九〜一九〇〇。イギリスの美術批評家、社会批評家、改革家。画家ターナーと親交があり、唯美主義運動の先駆となった。後にカーライル（訳注33参照）の影響を受け社会改革にも取り組む。イギリスの資本主義を鋭く批判した。著書に『近代画家論』『イギリス労働者への手紙』など。

●—40 テレマコス——ギリシア神話の人物。オデュッセウスとペネロペの息子。父を助け、母の求婚者を殺した。

●—41 ギュイヨー——一八五四〜八八。フランスの詩人、哲学者。社会的見地を踏まえながら、個人を生かす自由を説き、ニーチェ、トルストイ、クロポトキンなどに影響を与えたといわれる。著書に『強制も制裁もない道徳の素描』など。

●—42 「独身者たち」——もとは『トゥールの司祭』（訳注44参照）のタイトルであったが、一八四三年、『トゥールの司祭』（一八三二）、『ピエレット』（一八四〇）、『ラブイユーズ』

（一八四三）三作の総タイトルとして「人間喜劇」地方生活情景に収められた。主要な人物のほとんどが独身者という設定からこのタイトルがある。『ピエレット』に関しては本書の本文を参照されたい。

●—43 ティトゥス——ローマ皇帝。在位七九〜八一。ウェスパシアヌス帝（訳注51参照）の長男。軍事的才能があった。加えて、自分に対する陰謀を赦すなど寛大な人柄で名高い。

●—44 『トゥールの司祭』——バルザック三十三歳の時の作品。一階の湿った部屋に住まざるを得なかったことや、貴族の家に出入りできなかったことをいつまでも根に持ち続ける神父トルーベールが政治の黒幕のように画策し、まず世間知らずの同僚ビロトーを陥れ、つぎにパリの大臣を動かし貴族を手玉に取るまでになり、果ては大司教閣下に成りおおせるまでを描いた短編作品。

●—45 聖テレサ——一五一五〜八二。スペインの修道女、神秘思想家。一五三五年、カルメル会修道院に入る。その後、神秘体験を持ち、修道女としてより厳格な規律の中で生きる決意を固める。後に弟子の十字架の聖ヨハネ（次注参照）と共に乱れたカルメル会を改革した。著書に『魂の城』など。

●—46 十字架の聖ヨハネ——一五四二〜九一。スペインの修道僧、詩人、神秘思想家。二十一歳でカルメル会に入り、一五六七年、聖テレサと出会いカルメル会の改革に着手。無理解と迫害のうちに生涯を閉じる。主著『カルメル山登攀』は、自作の詩『暗夜』の注解。神との出会いは、魂の「暗夜」「無の底」でなされると説いた。

●—47 バレス——一八六二〜一九二三。フランスの作家、政治家。自我に至上価値を認める自我崇拝の立場から出発し、しだいに過激なナショナリストに変貌していった。ドレフュス事件では反ドレフュスの論陣を張った。作品に『自我礼讃』『根こぎにされた人々』など。

●—48 サン・シモン（公）——一六七五〜一七五五。フランスの政治家、文人。初め軍務につくが不満から退役し、父の死後爵位をつぎ、宮廷に出入りするが、ここでも野心が満たされずルイ十四世に反感を抱く。やがて政治から退き、ルイ十四世晩年の赤裸々な宮廷絵巻として知られる『回想録』（死後、一八三〇刊）を執筆する。

●—49 ギュイヨン夫人——一六四八〜一七一七。フランスの神秘思想家。静寂主義（ひたすら受動的観想によって神との合一を目指すキリスト教神秘思想の一派。スペインの神学者ミゲル・ド・モリノスが広めた）のフランスにおける提唱者。ローマから異端とされたが、再度布教を行ないバスチーユに投獄された。著書に『短く易しい祈り方』『自伝』など。

●—50 ユリウス・サビヌス——?〜七九。ローマ支配下のガリアの元老院議員、武将。ローマに対するガリア人の反乱を組織。失敗して、本文にあるように後に処刑された。

●—51 ウェスパシアヌス——ローマ皇帝。在位六九〜七九。軍人として優れ、その功績を足がかりにのし上がった。ネロの政治体制の招いた内乱で乱れた秩序の回復に当たったとされる。妥協を許さぬ苛酷な人物でもあった。

## 【訳者あとがき】

メーテルリンクが初め法律を学び、弁護士になったことは、知る人も多いだろう。もっとも、彼が手がけた軽犯罪の訴訟が幾らかあるらしいが、どうも思わしい成果は得られなかったと伝えられている。ともあれ、正義の女神は天秤を捧げ持ち、中心でバランスを取っている。このバランス感覚が法律を学んだせいかどうかはわからないが、メーテルリンクにもあり、たとえば無限の宇宙と人間、善と悪、意識と無意識、見えるものと見えないもの等々、一対の概念となって書物の至る所にちりばめられている。それどころか、ある章では否定され、退けられたものも、別の章では異なる視点から美しくよみがえることもしばしば起こる。まるで交流電流のように否定と肯定が交差する。メーテルリンクには、対立は同時に、しかも同じ場に存在し得るようだ。

「愛の至福のさなかで死を求め、死の絶望の淵で激しく生のよろこびを味わう。愛に変わる嫌悪と、嵐のような嫌悪に変わる愛」(102章)。「彼女(エミリー・ブロンテ)は見つめ、受け容れ、愛する。悪も善も、受け容れ、愛する。(…)悪とは、要するに、反対方向に向かった善にほかならないから」(104章)。『貧者の宝』(拙訳/平河出版社)にも、この視点は随所に見られる。「(イプセンは)一つの表現の中で、内奥の対話と外的な対話を同時に存在させようとした（…）そこで語られていることのすべては、未知の生の根源を覆い隠すと同時に、明るみにも出している」（『貧者の宝』114頁）。「わたしたちは認識を放棄できるようになるために認識しようとするのだ」（同90頁）

二重の思考はメーテルリンクの認識の本質をなしているようだ。人間は「神々の次元にも生きて」（『貧者の宝』86頁）おり、「一人一人は自分が神だとは少しも知らない神なのである」（同78頁）。しかし書物を介し、あるいは無意識に知っていようと、神秘家ならぬ作家もわれわれも、これを「明確に」認識できるわけではない。にもかかわらず、「人は崇高なものなくしては生きられない。といって、神秘家たちのように霊性を実在として知ることもできない。「今、人々が選択できるのは唯一平凡に生きる人生しかない」（同83頁）

メーテルリンクは常にこのはざまで思考した人だ。十字の中心にいるように、高い次元と肉体次元の交点で思考した人だ。だがまたそれは、日常の平凡な生の中で、もしくは言葉を介して再確認していくしかないものだった。繊細で誠実な思考にとって、言葉や論理における対立の併置は、真実を告げる必然の方法だったのだろう。異なる次元が切り結ぶ十字は、自らの神性や霊性を忘却してはいても、高みを希求する者が、自身の永遠性を時間の世界に開示できる唯一の形式だったのだろう。「この書物に厳密な方法を見つけ出そうとしても無駄である」（5章）とはいえ、天と地のはざまにおける、ある種のゆらぎこそ、彼の方法だったのだろう。

この世でわれわれを襲う運命は——恵まれたものもあろうが——一般に禍と同義であると考えられている、と彼はいう。だが、それは超えられないものなのか。唯一絶対のものなのだろうか。メーテルリンクは、その生成のメカニズムについて語っている。むろん彼は東洋の聖典や神秘家たちのようには語らない。つまり、カルマ(今生を含む過去世からの原因に対して、その結果を戻す、いわゆる因果応報のメカニズム)については、後の著作群はおくとして、少なくともこの本では具体的にはふれていない。彼はこう語るだけだ。

運命は、「その悲しみより以前にわれわれがいった言葉、抱いた思い、とりわけ行なった行為を正確に反映し、それに見合った顔形となる」(44章)。「運命を形成しているものは、われわれのさまざまな思いが織りなすものといっていい。つまり、多くの未完であいまいな、まだ形をなしていない思いのひしめく中からしだいに形をなし、身振りや感情や習慣になる力を得たもの、あるいは、そうならずにはいられなくなったものである」(60章)。要するに、運命とは、われわれ自身が作り出したものにすぎないという。その意味では、運命自体に正不正はない。原因はすべてわれわれ一人一人の中にある。

とはいえ、運命は悪人ばかりを襲うわけではない。ヨブのような善人も容赦なく襲う。これは明らかに「不正」である。だが、「道徳の規範が失われているように思える時でも、けっして動揺してはならない。それよりも、もっと高い規範が背後には必ず存在しているのだから」(72章)。高い規範とは、今述べたカルマの概念に近いかもしれない。善人も仮に原因が過去世にあるとすれば、禍に遭うこともあり得よう。ただメーテルリンクがこうした概念を意識していたがどうかは、ここでは大きな問題ではない。支配しようとする運命を超えて幸福に至ることが、彼には最大の関心だったからである。幸福とはこの運命ではなく、いま一つの高い運命の地平にあるものだ。

運命にどう対処し、どうしたら人は幸福になれるか。彼は二つの方向を提示する。一つはこの世の次元での行為、いま一つは高い次元へ通じる内面化への道だ。行為と内面化は一対となって共に叡知と呼ばれる。この叡知を通して、すべてを受け容れられるようになった時、人は幸福になれるだろう。高い愛へ至れるだろう。少なくとも、その道が開かれるはずだ。

行為の視点とは次のようなものだ。「まだこちらの意思しだいで死をもたらす力を無力にできる時に、そこに運命など介在させるべきではない」（17章）。「（ただでさえ広大な）避けられない（運命の）領域を拡大してはならない。（…）自分たちの知り得る限りのものに対しては（…）力を尽くして勇敢に立ち向かい、多くの場合、その苦しみに打ち勝つ」（18章）。「人間は行為せぬようにはできていない。（…）死の家には行為せぬ知があればよい。だが、竈《かまど》の煙の立ちのぼる生の家には叡知が必要だ」（55章）。「行為を伴わない停滞と虚脱の中で育つのは叡知ではなく、無益な傲慢さばかりである。（…）そのようにして得られたものは（…）現実に魂を導くことも、美しくすることもできない」（88章）。「二十の勇気ある行動をして失敗しようと、失うものは幸福を形成する力のうち、初めから壊れやすい部分にすぎないと考えるべきだ。そう思えば、叡知とはみな、一種純化された幸福を生成する力だということがわかるだろう」(91章)。「行為においては取り返しのつかない誤りなどまずないといっていい。人も物もすばやく立て直しがはかれるからだ。しかし現実との接触を一切避ける思考の中の行為なき誤りに対しては、策の施しようがない」(106章)。「行為を回避するものは誰も行為を超えた自由へは至れない」し、「行為への道は、行為の放棄に優る」(バガヴァッド・ギータ)のである。人は結果にこだわることなく、まず行為しなければならない。「一体全体君は事物を受身に経験するために生まれたのか、それとも行動するために生まれたのか。小さな草木や小鳥や蟻や蜘蛛や蜜蜂までがおのがつとめにいそしみ、それぞれ自己の分を果たして宇宙の秩序を形作っているのを見ないのか」。これはマルクス・アウレリウスの『自省録』(神谷美恵子訳)の一節だが、このような行為の視点は、後の博物学的著作の一端を暗示していよう。これが外的な運命に対する外的に働く叡知である。

ここに垂直に内面化の視点が交差する。「運命が身に着ける衣服や武具や装身具はわれわれの内面の生の中にある」(11章)。成熟した内面の「叡知の指先には(不幸な運命も)切ったばかりの籐のようにどうにでもなるのに、無分別の手には鋼のように硬く曲がらぬ凶器の棒になってしまう」(17章)。「われわれが好んで〈定め〉と名づける力の源は、人間自身が作り出すもの」であり、「無知や怠惰から何もかも」(18章)宿命的と呼んではならない。内面のあり方、受け容れ方一つで変えられるのだ。「内的宿命」などというものはないからだ。「回避しなければならないのは苦しみそのものではなく、苦しみがもたらす失意と重い鎖の感情だ。それは、人生の多くの悲しみの曲折のために道の先が見えず、後でやってくる真実の主人ではなく、先ぶれの使者にすぎぬ者を主人と思い誤って迎え入れる人間を襲う感情である」（39章）。「主人」とは運命などより「もっと偉大な観念」だ。「悲しみ、悲嘆、失意から精練された最も叡知にみちた堅固な〈石〉を材料に選んだ者の家を、どんな悲しみや悲嘆や失意がなおも揺るがすことができよう。（…）人間に不当に襲いかかってくる運命も、魂の中で起きていることまでは知ることはできない。大地深くで何が起きているのか風が知らないように」（99章）

そしてこれは人間の神性に対する深い洞察となる。「叡知は、叡知ある体験を通して無限なるものが魂の中で輝きを増せば、それだけいっそうゆたかになる。（…）いちばん高い叡知は、愛の中にあるいちばん純粋なものと等しい。ところで愛とは、無限なるものの崇高《ディヴィンヌ》な姿である。そして、神的《ディヴィンヌ》なるがゆえに、根源の意味で人間的なのである。叡知とは理知に対する、神智の勝利だといえないだろうか」（29章）

叡知は一対である。「はるか彼方の無限の世界のことを片時も忘れずに、だが同時に、現在の小道を意志の確かな足取りで進む時だけ（…）あまりに狭い幸福からも、惰性の行動からも解放されるのである。一切が自らの手中にあるのだと信じて常に行為しよう。しかし襲ってくる大いなる力には潔く従うという柔軟な姿勢をけっして忘れてはならない」（22章）。「日常生活の中に存在しない材料で夢の建物を建ててはならない。生の高みにまなざしを向けるのはすばらしいが、もっとすばらしいのは、魂を鍛えてこの生をしっかり観察できるまでになることだ。そのうえで夢み願う到達点はただ一つ、雲間からはっきり姿を現して彼方に光を投げかけているまばゆい山頂だけである」（87章）。「一つ一つの行為は、すばらしい永遠の果実をもたらすものと信じて行為しよう。だがまた、宇宙を前にしたら人間の正しい行為など、どれほど取るに足らないかをもわきまえておこう。この引き裂かれた状態を魂で感じ取り、それでもそこに調和を見出そうとすることこそ、人間的であると深く信じて毎日を生きようではないか。大きな世界をけっして見失ってはならない。が、小さな世界の幸福が大きな世界の幸福にも通じているのだと知り、同じ信頼、同じ厳粛さ、同じよろこびの感情をもって、限りなく小さな世界にも感動しよう」（74章）

メーテルリンクは天地《あめつち》を結ぶように十字の中心にいる。だが、この十字はもはや神秘家たちのような異常な体験をするためのものでもないし、苦渋にみちたものでもない。彼はもう、「自分が世界で特別に選ばれた一人息子だ」などとは思わない。ただ人間的な叡知によって「意識を拡大し（…）すべての事物の輝きを受け取り、美しくほほえむ」（89章）ためにそこにいる。彼の二元性は、一切の被造物、この世のすべてを限りなく愛し、受け容れ、中心で常に大きな調和となって高みへと解消しようとしている。ここに彼のいう幸福があったように思える。

この作品（原題は『叡知と運命』La Sagesse et la Destinée, Fasquelle, Paris, 1898）は『貧者の宝』の二年後、一八九八年に出版された。彼のエッセーとしては二作目に当たる。ちなみに、これまでの本書の邦訳に関しては、国立国会図書館の目録によると、大正時代に三種類出版されている。参照はしなかったが、ご参考までに挙げておこう。『智慧と運命』（大谷繞石訳・大正二年・南北社）、『霊智と運命』（栗原古城訳・大正八年・玄黄社）、『智慧と運命』（鷲尾浩訳・大正九年・冬夏社）

メーテルリンクは一八九五年、女優ジョルジェット・ルブラン（訳注1参照）を知り、強く引かれる。二年後の九七年、彼女の強い希望で、彼は故郷ヘントを離れ、パリのブーローニュの森近くに移り住み、そこでこの本は書き始められたという。「彼が最も幸せだった」時期の作品である。翌九八年、パリ、ロンドン、ニューヨークでほぼ同時に発売され、三年で十万部売れたというから、この種の本としては一大ヒットであろう。

前著『貧者の宝』とテーマが重なる部分も多いが、ロイスブルークやノヴァーリスを論じたエッセーなど見ると、前著には人間存在の高い霊性をひたすら探究している側面があり、程度の問題にせよ、やや「往相」を感じさせる。また死や絶望への傾斜も多く見られた。この観点からいえば、本書は同じ運命を扱っていても、生と幸福の方向から照し出されており、明らかに「還相」を表している。ここにもまた、彼のバランス感覚が働いているようだ。二作は、したがって、後の一九三四年から三八年の間に連続的に発表されたパスカリアン風の五部作や、もしくは「昆虫三部作」に対して、初期「運命二部作」といえるかもしれない。いずれにせよ、本書が『自省録』や『パンセ』を初め、過去の優れたモラリストたちが残してきた高い作品の峰々の一角を占めることに間違いはないだろう。

このささやかな訳書が原著出版から、(『貧者の宝』もそうであったが) ほぼ百年後に無事、日の目を見ることができたのも何かの巡り合わせであろうが、拙稿をこのように美しい本にまで仕上げてくださったのは平河出版社の藤井愛子さんである。貴重なご意見を数多く寄せられ、前回同様実にゆきとどいた編集を行なってくださった。末尾ながら、心よりお礼申し上げたい。

なお、原著の章分けはすべてローマ数字によるが、煩雑さを避けるために本書ではアラビア数字に改めた。また適宜改行したこともお断りしておく。邦訳タイトルは協議のうえ決めた。

二〇〇一年　早春

訳者しるす

⊙著者略歴⊙

**M・メーテルリンク**〈Maurice Maeterlinck〉

劇作家・詩人・随想家。

一八六二年、ベルギーのガンに生まれる。

ガン大学で法律を学び弁護士になるが、早くに文学の道に転ずる。

パリの詩壇にデビュー後、独自の象徴主義的戯曲を精力的に発表、作家としての地位を確立する。

彼の作品の底流には常に、魂の、そして宇宙の神秘に対する深い洞察がある。

一九一一年、ノーベル文学賞を受賞。

一九四九年、ニースで死去。

著書に、『青い鳥』(新潮文庫他)、『ペレアスとメリザンド』(岩波文庫)、『蜜蜂の生活』『花の知恵』(工作舎)、『貧者の宝』(平河出版社)他。

⊙訳者略歴⊙

**山崎剛**〈やまざき・ごう〉

一九五〇年、横須賀市に生まれる。

早稲田大学文学部仏文科卒業。翻訳者。

訳書に、A・リシュタンベルジェ『かわいいトロット』(秋山書房)、B・サンドラール『なぜもうだれもワニを水辺に運んでやらないの』(福音館書店)、M・メーテルリンク『貧者の宝』(平河出版社)など。

# 限りなき幸福へ

⊙第一刷発行――二〇〇一年三月十五日
⊙著者――M・メーテルリンク
⊙訳者――山崎剛
⊙発行者――森眞智子
⊙発行所――株式会社平河出版社
東京都港区三田三―一―五　〒一〇八―〇〇七三
電話〇三(三四五四)四八八五
振替〇〇一一〇―四―一一七三二四
⊙装丁――谷村彰彦
⊙印刷所――凸版印刷株式会社

ISBN4-89203-302-2